内部控制与风险管理系列

叶陈刚 郑洪涛 主编

企业内部控制

张 颖 郑洪涛 著

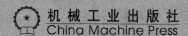

机械工业出版社
China Machine Press

本书以国际普遍认可的企业内部控制权威体系暨美国COSO委员会《企业风险管理——整合框架》为蓝本，顺应国际内部控制与风险管理相融合的潮流，结合中国企业发展状况，拟订企业内部控制与风险管理的整体框架。本书高度浓缩内部控制与风险管理的理论线路和方法，针对中国企业经营管理的风险盲区和薄弱点，进行系统分析和设计，制定出满足现代企业发展以及投资者、监管者、经营者等人员需要的内控体系。

本书适用于公司高级管理人员、控制人员、审计监督人员以及有志于了解和掌握内部审计前沿知识的非审计专业人士。

图书在版编目（CIP）数据

企业内部控制 / 张颖，郑洪涛著. —北京：机械工业出版社，2009.1
（内部控制与风险管理系列）

ISBN 978-7-111-25155-2

Ⅰ. 企… Ⅱ. ①张… ②郑… Ⅲ. 企业管理－研究－中国 Ⅳ. F279.23

中国版本图书馆CIP数据核字（2008）第146855号

机械工业出版社（北京市西城区百万庄大街22号　邮政编码　100037）
责任编辑：程　琨　　　　　　版式设计：刘永青
北京京北印刷有限公司印刷　·　新华书店北京发行所发行
2009年1月第1版第1次印刷
170mm×242mm　·　　12印张
标准书号：ISBN 978-7-111-25155-2
定价：26.00元

前　言

　　内部控制犹如一座屹然耸立的大厦，企业内的各种要素和资源被统合在这座大厦的各个单元中；同时，各个要素和资源的有机组合和协调，支撑着雄伟的大厦既高耸云端，又稳如磐石。因此，从某种意义上讲，内部控制是保证企业基业长青的关键因素之一。

　　21世纪初，美国爆出了一系列财务丑闻，导致安然、世通等曾经的业界巨人轰然坍塌，由此催生了《萨班斯-奥克斯利法案》（简称《萨班斯法案》或《SOX法案》）。它向世人昭示企业的内部控制和风险管理受到前所未有的重视。在这场浪潮席卷之下，内部控制现已成为当前我国理论界与实务界共同关注的焦点。从2003年起，财政部陆续颁布《内部会计控制规范——基本规范》和17项具体会计控制规范，至此形成了完整的内部会计控制规范体系。2006年6月国务院国资委发布《中央企业全面风险管理指引》，根据《中央企业全面风险管理指引》的规定，中央直属的企业应围绕经营目标，建立、健全全面风险管理体系。2008年6月28日财政部、证监会、审计署、银监会、保监会联合发布《企业内部控制基本规范》，要求2009年7月1日起先在上市公司范围内施行。

　　与此同时，企业自发的内部控制实践活动也在如火如荼地开展。优秀的企业追求在激烈的市场竞争中保持高速、稳健的发展，而良好的内部控制体系恰恰是确保这一目标实现的有力工具。无论在传统的制造业，还是新兴的IT产业，越来越多的企业尝试摸索建立一套适合自身发展的内控制度。

　　尽管内部控制在世界范围内蓬勃发展，但是必须承认，无论是被奉为"圣经"的COSO报告，还是我国的企业内部控制规范，都只是基础性的规范框架，如何正确把握控制规范的真正内涵，并将之付诸实践，是摆在企业面前的重要课题。本书以COSO报告《企业风险管理——整合框架》为蓝本，结合最新颁布的《企业内部控制基本规范》，借鉴内部控制的最新理论研究成果，总结提炼内部控制的先行者企业构建内部控制体系的成功经验以及一些海外上市公司《萨班斯法案》顺利通关的实践经验，为广大中国企业提供开展内部控制制度建设可资借鉴的思想、理论和方法。

本书开篇通过梳理近几年关于内部控制的相关规范，归纳出我国内部控制规范体系框架，以起提纲挈领之目的。接下来的五章分别对内部环境、风险识别及评估、控制活动、信息与沟通以及监督控制五大内控要素展开实施指南。本书采用问答的形式，注重理论阐述和实践经验相结合，每一部分均配有相应的案例，或短小精悍，或详尽细致，深入浅出，具有较强的可操作性。

在本书的写作过程中，参阅了大量的文献和资料，在此，对所有企业内部控制研究领域的专家和学者致以诚挚的谢意。天津财经大学研究生王鹤参加了资料收集与整理，在此表示感谢。囿于作者水平，本书难免有不足之处，敬请各位读者批评指正。

目　录

第1章 企业的定海神针

内部控制导读

一个国家乃至一个民族，其衰亡是从内部开始的，外部力量不过是其衰亡前的最后一击。

——阿诺尔德·约瑟·汤因比

(Arnold Joseph Toynbee，英国著名历史学家，1889—1975)

引言：内部控制与企业及社会密切关联

美国安然事件和中国银广夏事件都给国家经济发展带来极其负面的影响，其影响并不止于公司自身的损失，还在于给经济体制和市场机制带来的挑战。公司失败对敏感的市场机制特别是资本市场中资金配置机制会带来连锁反应，比如安然、世通等一批声名显赫的公司先后爆发会计丑闻，导致当时美国股市约8万亿美元的市值烟消云散，其相当于法国年GDP的四倍。企业资金配置机制的失灵，极大地影响了企业的生存和发展，进而影响到国家稳定、经济繁荣和民族发展。

这些给人们带来震惊和重大损失的企业巨人，在坍塌之前都曾是红极一时的时代宠儿。究其原因，企业失败无不是内部运营出现混乱，偏离企业所处特定社会阶段和行业的特性规律，所谓祸起萧墙。无论是企业还是其他组织（包括各种非营利性组织），要保持组织的基业长青，必须从自身着手，强身健体，苦练内功，形成一套适应环境和企业的规范体系；而企业持续稳定发展，又是保障投资者利益，维持社会稳定繁荣的基础。总之，对社会、投资者、监管者和企业本身而言，建立企业风险管理的内部控制机制和体系，形成一道科学的风险防火墙，成为企业自身必要而迫切的一项任务。

无论商海如何变幻，企业内部控制犹如定海神针，保证了企业乃至社会持续稳定的发展！

案 例

一部由公司倒闭催生的法律——美国《萨班斯-奥克斯利法案》

2002年7月25日，美国国会通过《萨班斯-奥克斯利法案》（Sarbanes-Oxley Act，SOX）。《SOX法案》的背景是2001年年底的安然公司倒闭案以及2002年年中的世界通信会计丑闻事件，投资人对上市公司财务报告出现空前的信任危机。罗斯福总统签署了1933年的《证券法》和1934年的《证券交易法》。布什总统称他自己所签署的《SOX法案》是自《证券法》和《证券交易法》以来美国资本市场最大幅度的变革。

《SOX法案》的内容分为两部分，一部分是涉及对会计职业及公司行为的监管，包括：建立一个独立的"公众公司会计监管委员会"，对上市公司审计进行监管；通过签字合伙人轮换制度以及咨询与审计服务不兼容等来提高审计的独立性；对公司高管人员的行为进行限定以及改善公司治理结构等，以增进公司的报告责任；加强财务报告的披露，通过增加拨款和雇员等来提高证券交易委员会的执法能力。另一部分是提高对公司高管及白领犯罪的刑事责任，比如，规定销毁审计档案最高可判10年监禁，在联邦调查及破产事件中销毁档案最高可判20年监禁；为强化公司高管层对财务报告的责任，要求公司高管对财务报告的真实性宣誓，并就提供不实财务报告分别设定了10年或20年的刑事责任。这与持枪抢劫的最高刑罚一样了。

《SOX法案》第404章要求证券交易委员会出台相关规定，所有除投资公司以外的企业在其年报中都必须包括：①管理层建立和维护适当内部控制结构和财务报告程序的责任报告；②管理层就公司内部控制结构和财务报告程序的有效性在该财政年度终了出具的评价。法案要求管理层的内部控制年报必须包括：①建立维护适当公司财务报告内部控制制度的管理层责任公告/声明；②管理层用以评价内部控制制度框架的解释公告/声明；③管理层就内部控制制度有效性在该财政年度终了出具的评价；④说明公司审计师已就③中提到的管理层评价出具了证明报告。公司的CEO和CFO们不仅要签字担保所在公司财务报告的真实性，还要保证公司拥有完善的内部控制系统，能够及时发现并阻止公司欺诈及其他不当行为。若因不当行为而被要求重编会计报表，公司CEO与CFO则应偿还公司12个月内从公司收到的所有奖金、红利或其他奖金性或权益性酬金以及通过买卖该公司证券而实现的收益。有更严重违规情节者，还将受到严厉的刑事处罚。

1.1 内部控制的概念

问题一：内部控制是什么？

企业内部控制是企业发展和组织效率提高需求的产物，随着企业组织形态进化、社会环境变化而不断深化。自20世纪30年代美国《证券交易法》提出内部会计概念以来，内部控制的内涵和外延都发生了深刻的变化。内部控制由外部审计界发端、企业监管部门参与，通过企业界为主体的经营管理实践，不断总结和发展，形成了完整的理论体系和实践框架。

内部控制的思想和框架总体上就是对组织内资源进行管理的体系，然而基于不同的角度和层次，对内部控制的定义有着不同的认识和分析。

观点1：COSO委员会对内部控制的定义

世界各国和权威组织认可的内控体系和概念，当属美国COSO委员会（Committee of Sponsoring Organization，美国反虚假财务报告委员会组织参与的发起组织委员会）提出的概念框架。

1992年9月，美国COSO委员会提出了《内部控制——整合框架》（1994年进行了增补，以下简称《内部控制框架》），即COSO内部控制框架。该框架指出，内部控制是一个由企业董事会、管理阶层和其他人员实现的过程，旨在为实现经营的效果和效率、财务报告的可靠性、符合适用的法律和法规等目标提供保证。

观点2：美国上市公司会计监管委员会（PCAOB）对内部控制的定义

美国上市公司会计监管委员会（PCAOB）发布的审计准则第2号规定，注册会计师对企业财务报告进行审计必须关注相关的财务报告内部控制，同时管理层应该对其做出评估。所谓财务报告内部控制是指，在公司主要的高级管理人员、主要财务负责人或行使类似职能的人员的监督下设计的一套流程，并由公司的董事会、管理层和其他人批准生效，该流程可以为财务报告的可靠性及根据公认会计原则编制对外财务报表提供合理保证，并且包括如下政策和程序：①有关以合理的详尽程度、准确和公允地反映公司的交易和资产处置的记录保管；②为按照公认会计原则编制财务报表记录交易，以及公司的收入和支出仅是按照管理层和公司董事会的授权执行，提供合理的保证；③为预防或及时发现对财务报表有重大影响的未经授权的公司资产的购置、使用或处置，提供合理保证。

观点3：中国财政部对内部控制的定义

我国财政部颁布的《企业内部控制规范》中指出，内部控制是指由企业董事会（或者由企业章程规定的经理、厂长办公会等类似的决策、治理机构）、管理层和全体员工共同实施的，旨在合理保证实现战略目标、营运目标、资产目标以及合规合法目标的一系列控制活动。

观点4：中国注册会计师协会对内部控制的定义

2008年6月，财政部、证监会、审计署、银监会和保监会联合发布的《企业内部控制基本规范》中指出，内部控制是由企业董事会、证监会、经理层和全体员工实施的、旨在实现控制目标的过程。内部控制的目标是合理保证企业经营管理合法合规、资产安全、财务报告及相关信息真实完整，提高经营效率和结果，促进企业实现发展战略。

问题二：内部控制内涵是如何延伸的？

美国COSO委员会在《内部控制——整合框架》的基础上，对内部控制的内涵进行了拓展，在目标和内容上进行提升，特别是与风险管理融合，最终于2004年9月正式公布《企业风险管理——整合框架》（简称《ERM框架》或《风险管理框架》）。该框架指出，企业风险管理是一个由企业的董事会、管理层和其他员工共同参与的，应用于企业战略制定和企业内部各个层次和部门的，用于识别可能对企业造成潜在影响的事项，并在其风险偏好范围内管理风险的，为企业目标的实现提供合理保证的过程。

ERM框架是对《内部控制——整合框架》的超越，标志着内部控制内涵得到了深化和延伸。具体来说，《风险管理框架》主要在概念界定、目标体系和构成要素三个方面进行了拓展。首先，在概念上，内部控制被涵盖在企业风险管理之内，成为其不可分割的一部分；其次，增加了战略实现目标，对原有的经营性、财务报告性和合规性目标进行补充和完善；第三，将构成要素由五个拓展为八个，丰富了原来的"风险评估"要素，将其细分为目标设定、事项识别、风险评估和风险应对四个要素，同时对其他要素进行补充和修订。总之，与《内部控制框架》相比，《ERM框架》更加宽泛，形成了一个更全面关注风险的强有力的概念体系，并为各国的企业风险管理提供了一个拥有统一术语与概念体系的全面应用指南。

背景资料　　　　内部控制与风险管理是何关系？

美国COSO委员会从1992年9月提出《内部控制框架》，到2004年9月正式公布《风险管理框架》，其间各界人士对内部控制的关注焦点经历了从控制转向风险管理的过程。《风险管理框架》的颁布预示，在今后相当长的时期里，风险管理成为企业内部控制的核心。

内部控制的出发点是由基于分工中的相互牵制、防范错弊的初衷，到内部整体企业组织和结构的协调管理。风险管理是基于企业经营过程中的不确定性进行管理的一种管理理念和方法，主要包括对不确定性的认知辨别、计量分析、应对和处理的体系。

内部控制和风险管理的目的都是为了满足组织（企业）在不同环境中针对不确定性进行应对管理，从而达到组织预期和目的及确保其持续发展。目前，内部控制理论的发展除了不断深化相互牵制、优化组织结构和明确权责分派体系之外，前提是对企业活动中的不确定性进行科学的认知、分析和应对策略制定，从而使控制活动更具有针对性和合理性。而内部控制对风险中的不确定性进行应对的具体分解和落实，从而达到化解风险、控制不确定性的作用，即内部控制保证风险管理的业务实施和组织保障。

总体来说，内部控制和风险管理学科的共同发展为组织（企业）运营提供了支持，在企业的实际需求之下，两种学科的融合和嵌入更好地为组织（企业）实际解决其运营中的各种不确定性提供完整的解决方案。

1.2　内部控制的演变与发展

内部控制以注册会计师关注企业报告真实性、可靠性为发端，不断融合企业管理中的相互牵制、自身纠错防弊机制以及会计和业务管理相结合的企业营运管理，直至发展为关注企业整体控制体系以及风险管理，进而提高企业价值的理念体系。

问题一：内部控制理论的发展经历了哪些阶段？

内部控制理论的发展经历了五个阶段，具体如图1-1所示。

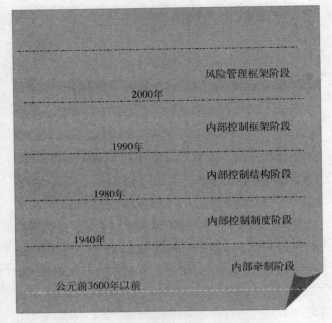

图1-1 内部控制理论发展的五个阶段

问题二：内部控制在萌芽阶段具有哪些控制思想？

在萌芽阶段，内部控制的主要理论是内部牵制。

早在公元前3600年以前的美索不达米亚文化时期，就已经出现了内部控制的初级形式，在当时极为简单的财物管理活动中，经手钱财的人用各种标志来记录财物的生产和使用情况，以防止其丢失和挪用，如经手钱财者要为付出款项提出付款清单，并由另一记录员将这些清单汇总报告。

到15世纪末，随着资本主义经济的初步发展，内部牵制也发展到一个新的阶段。以在意大利出现的复式记账方法为标志，内部牵制渐趋成熟。它以账目间的相互核对为主要内容并实施一定程度的岗位分离；18世纪产业革命以后，企业规模逐渐扩大，公司制企业开始出现，特别是公司内部稽核制度收效显著而为各大企业纷纷效仿。

背景资料　内部控制的雏形——古埃及银库控制与中国古代皇宫财物管理

在法老统治的古埃及时期，中央财政银库控制已初具内部牵制的雏形。银子和谷物等物品接收时数量的记录、入库时数量的记录与实物的观察以及接收数量与入库数量的核对，分别由三名人员完成，而仓库的收发存记录由仓库管理员的上司定期检查以确保记录正确，账实相符。

在我国西周时代的皇宫财物管理中，也闪烁着内部牵制制度的思想火花。据《周礼》记载："虑夫掌财之史，渗漏乾后，或者容奸面肆欺……"，并有"听出入以要会"之记载，即以会计文书为依据，批准财物收支事项。当时的统治者为防止掌管和使用财赋的官吏弄虚作假甚至贪污盗窃所采用的分工牵制和交互考核等办法，达到了"一豪财赋之出入，数人耳目之通焉"的程度（朱熹《周礼理其财之所出》，《古代图书继承》第696册第12页）。

20世纪初，随着股份有限公司的规模迅速扩大，以及企业所有权与经营权的逐渐分离，为了提高企业运营效率、防范错弊，并且解决两权分离中的信息不对称的矛盾，美国的一些企业逐渐摸索出组织、调节、制约和检查企业生产经营活动的办法，特别是"内部牵制制度"。"内部牵制制度"基于两个主观假设：两个或两个以上的人或部门无意识犯同样错误的可能性很小；两个或两个以上的人或部门有意识地合伙舞弊的可能性大大低于一个人或部门舞弊的可能性。人们建立了"内部牵制制度"，规定有关经济业务或事项的处理不能由一个人或一个部门总揽全过程。

背景资料　　　　　　　　　　内部牵制的最初定义

1912年，R. H. 蒙可马利在其出版的《审计——理论与实践》一书中指出，所谓内部牵制是指一个人不能完全支配账户，另一个人也不能独立地加以控制的制度。某位职员的业务与另一位职员的业务必须是相互弥补、相互牵制的关系，即必须进行组织上的责任分工和业务的交叉检查或交叉控制，以便相互牵制，防止发生错误或弊端。

问题三：内部控制在初步形成阶段具有哪些控制思想？

20世纪40～70年代初，内部控制制度的概念在内部牵制思想的基础上产生，其形成是传统的内部牵制思想与古典管理理论相结合的产物。由于社会化大生产、规模扩大、新技术应用以及公司股份制形式形成等的推动，以账户核对和职务分工为主要内容的内部牵制，从20世纪40年代开始逐步演变为由组织结构、岗位职责、人员条件、业务处理程序、检查标准和内部审计等要素构成的较为严密的内部控制系统。

背景资料　　内部控制制度产生的背景——20世纪40～70年代社会发展状况

　　20世纪40年代以来产业革命在欧美各国的相继完成，极大地提高了生产的社会化程度，股份公司也相应迅速地发展起来，并逐渐成为西方各国主要的企业组织形式，于是，迫切需要在企业管理上采用更为完善、有效的控制方法。为了保护投资者和债权人的经济利益，西方各国纷纷以法律的形式要求强化对企业财务会计资料以及各种经济活动的内部管理。

　　第二次世界大战以后，伴随着自然科学技术的迅猛发展及其在企业中的普遍应用，企业生产过程的连续化、自动化和社会化程度空前提高，许多产品和工程需要大规模的分工与协作并辅之以极其复杂的系统管理与控制才能完成。面对日益扩大的生产规模和激烈的竞争环境，管理者一方面要实行分权管理，以调动员工积极性，提高经济效益；另一方面又需要采取比单纯的内部牵制更为完善的控制措施，以达到有效经营的目的。欧美一些企业在传统内部牵制思想的基础上，纷纷在企业内部组织结构、经济业务授权、处理程序等方面借助各种事先制定的科学标准和程序，确保经营管理方针的贯彻落实及企业经营效率的有效提高。

　　1949年，美国注册会计师协会（AICPA）所属的审计程序委员会发表了一份题为《内部控制：系统协调的要素及其对管理部门和独立公共会计师的重要性》（*Internal Control：Elements of Coordinated System and its Importance to Management and the Independent Public Accountants*）的特别报告，首次正式提出了内部控制的定义："内部控制包括一个企业内部为保护资产，审核会计数据的正确性和可靠性，提高经营效率，坚持既定管理方针而采用的组织计划，以及各种协调方法和措施。这个定义有可能比这个术语所包括的意义要广一些。它承认内部控制制度超过了与财会部门直接相关的事项。"由此可见，内部控制制度概念已突破了与财务会计部门直接有关的控制的局限，它还包括成本控制、预算控制、定期报告经营情况、进行统计分析并保证管理部门所制定政策方针的贯彻执行等内容。

　　1958年，该委员会发布的第29号审计程序公报《独立审计人员评价内部控制的范围》（*CAP No.29 Scope of the Independent Auditor's Review of*

Internal Control）将内部控制分为内部会计控制（internal accounting control）和内部管理控制（internal administrative control）两类，其中，前者涉及与财产安全和会计记录的准确性、可靠性有直接联系的方法和程序，后者主要是与贯彻管理方针和提高经营效率有关的方法和程序。这一分类是现在我们所熟知的内部控制"制度二分法"的由来。

内部控制的"制度二分法"使得审计人员有可能在研究和评价企业内部控制制度的基础上来确定实质性测试的范围和方式。但是，由于管理控制的概念比较空泛和模糊，且在实际业务中，管理控制与会计控制的界限也难以划清，因此，1972年12月美国AICPA所属审计准则委员会（ASB）在其公布的《审计准则公告第1号》（*Statement of Auditing Standards No.1*）中，重新阐述了内部管理控制和内部会计控制的定义：

管理控制包括（但不限于）组织规划及与管理部门业务授权决策过程有关的程序和记录。这种授权是直接与达到组织目标的责任相联系的管理职能，是对经济业务建立会计控制的出发点。

会计控制包括组织规划和涉及保护资产与财务记录可靠性的程序和记录，并为以下各项内容提供合理保证：

（1）根据管理部门的一般授权或特殊授权处理各种经济业务；

（2）经济业务的记录对使财务报表符合一般公认会计原则或其他适用的标准和保持对资产的经管责任都是必不可少的；

（3）只有经过管理部门的授权才能接近资产；

（4）每隔一段时间，要将账面记录的资产和实有资产进行核对，并对有关差异采取适当的措施。

**背景资料　　1986年最高审计机关国际组织《总声明》
关于内部控制的界定**

1986年，最高审计机关国际组织（INTOSAI）在第十二届国际审计会议上发表的《总声明》中赋予内部控制以新的含义："内部控制作为完整的财务和其他控制体系，包括组织结构、方法程序和内部审计。它是由管理者根据总体目标而建立的，目的在于帮助企业的经营活动合理化，具有经济性、效率性和效果性；保证管理决策的贯彻；维护资产和资源的安全；保证会计记录的准确和完整，并提供及时、可靠的财务和管理信息。"

背景资料　　美国《反国外贿赂法》与内部控制

1973年，美国国会通过了《反国外贿赂法》（*Foreign Corrupt Practice Act,* *FCPA*），该法案规定每个企业应建立内部控制制度以防范贿赂行为的发生。该法案在其会计标准条款（accounting standards provision）中规定，企业如达不到美国审计准则委员会提出的内部控制目标，可被罚款1万美元，责任者将处以5年以下监禁。至此，建立和强化内部控制已成为企业应履行的一种法律责任。

1991年11月，美国联邦委员会发表的判决指南指出，如发现公司雇员犯罪，该公司将受到强制性罚款，罚金数额可高达十万至几百万美元。这一法规的出台，强化了管理者对遵守法规的重视，遵循适当的法规、规范，消除罚款所带来的损失也成为企业内部控制的重要组成部分。

问题四：内部控制在完善阶段出现哪些控制理论？

进入20世纪80年代以来，内部控制的理论研究又有了新的发展，人们对内部控制的研究重点逐步从一般含义转向具体内容的深化。其标志是美国AICPA于1988年5月发布的《审计准则公告第55号》（SAS55），在公告中，"内部控制结构"的概念取代了"内部控制制度"。公告指出："企业内部控制结构包括为提供取得企业特定目标的合理保证而建立的各种政策和程序。"公告认为内部控制结构由下列三个要素组成：

（1）控制环境（control environment），是指对建立、加强或削弱特定政策与程序的效率有重大影响的各种因素，包括管理者的思想和经营作风；组织结构；董事会及其所属委员会，特别是审计委员会发挥的职能；确定职权和责任的方法；管理者监控和检查工作时所使用的控制方法，包括经营计划、预算、预测、利润计划、责任会计和内部审计；人事工作方针及其执行等；影响企业业务的各种外部关系，如由银行指定代理人的检查等。

（2）会计制度（accounting system），是指为认定、分析、归类、记录、编报各项经济业务，明确资产与负债的经管责任而规定的各种方法，包括鉴定和登记一切合法的经济业务；对各项经济业务按时和适当的分类，作为编制财务报表的依据；将各项经济业务按照适当的货币价值计价，以便列入财务报表；确定经济业务发生的日期，以便按照会计期间进行记录；在财务报表中恰当地表述经济业务及对有关的内容进行揭示。

（3）控制程序（control procedure），指企业为保证目标的实现而建立的政策和程序，如经济业务和经济活动的适当授权；明确各个人员的职责分工，如指派不同的人员分别承担业务批准、业务记录和财产保管的职责，以防止有关人员对正常经济业务图谋不轨和隐匿各种错弊；账簿和凭证的设置、记录与使用，以保证经济业务活动得到正确的记载，如出厂凭证应事先编号，以便控制发货业务；资产及记录的限制接触，如接触电脑程序和档案资料要经过批准；已经登记的业务及记录与复核，例如常规的账面复核，存款、借款调节表的编制，账面的核对，电脑编程控制，以及管理者对明细报告的检查。

背景资料　　　　　内部控制三要素的思想贡献

内部控制结构概念跳出了"制度二分法"的圈子，特别强调了管理者对内部控制的态度、认识和行为等控制环境的重要作用，指出这些环境因素是实现内部控制目标的环境保证，要求审计师在评估控制风险时不仅要关注会计控制制度与控制程序，还应对企业所面临的内外环境进行评估。内部控制结构概念的提出，适应了经济形势的发展和企业经营管理的需要，因而得到了会计界、审计界的认可。20世纪80年代末兴起的制度基础审计法便是在这一概念基础上产生和发展起来的。

问题五：内部控制在成熟阶段出现哪些研究成果？

1992年9月，美国注册会计师协会（AICPA）与美国会计学会（AAA）、财务执行官协会（FEI）、国际内部审计师协会（IIA）和美国管理会计师协会（IMA）共同组成的发起组织COSO委员会发布了指导内部控制实践的纲领性文件COSO研究报告《内部控制——整合框架》，并于1994年进行了增补。这份报告堪称内部控制发展史上的里程碑。

COSO委员会指出："内部控制是由企业董事会、经理阶层以及其他员工实施的，为财务报告的可靠性、经营活动的效率和效果、相关法律法规的遵循性等目标的实现而提供合理保证的过程。"COSO报告提出了内部控制构成（internal control components）的概念，即内部控制整合框架包含了五个相互联系的要素：

（1）控制环境（control environment），包括员工的忠实和职业道德、人员胜任能力、管理哲学和经营作风、董事会及审计委员会、组织机构、权责划分、人力资源政策及执行；

(2) 风险评估 (risk appraisal)，包括经营环境的变化、新技术的应用及企业改组等；

(3) 控制活动 (control activity)，包括职务分离、实物控制、信息处理控制、业绩评价等；

(4) 信息与沟通 (information and communication)，包括确认记录有效的经济业务，采用恰当的货币价值计量，在财务报告中恰当揭示；

(5) 监控 (monitoring)，包括日常的管理监督活动、内部审计及与外部团体进行信息交流的监控。

背景资料　COSO委员会的组成及其对内控发展的贡献

COSO是全国反虚假财务报告委员会下属的发起人委员会 (The Committee of Sponsoring Organizations of The National Commission of Fraudulent Financial Reporting) 的英文缩写。

1985年，由美国注册会计师协会 (AICPA)、美国会计学会 (AAA)、财务执行官协会 (FEI)、国际内部审计师协会 (IIA)、美国管理会计师协会 (IMA) 联合创建了反虚假财务报告委员会 (通常称Treadway委员会)，旨在探讨财务报告中的舞弊产生的原因，并寻找解决之道。

两年后，基于该委员会的建议，其赞助机构成立COSO (Committee of Sponsoring Organization，COSO) 委员会，专门研究内部控制问题。1992年9月，COSO委员会经过充分研究，针对公司行政总裁、其他高级执行官、董事、立法部门和监管部门的内部控制进行高度概括，形成并发布《内部控制——整合框架》，简称COSO报告，并于1994年进行了增补。这些成果马上得到了美国审计署 (GAO) 的认可，美国注册会计师协会 (AICPA) 也全面接受其内容并于1995年发布了《审计准则公告第78号》。由于COSO报告提出的内部控制理论和体系集内部控制理论和实践发展之大成，因此成为现代内部控制最具权威性的框架，在业内备受推崇，并在美国及全球得到广泛推广和应用。

2001年，COSO委托普华永道开发一个对于管理当局评价和改进他们所在组织的企业风险管理的简便易行的框架。2004年9月COSO正式发布《企业风险管理——整合框架》。

问题六：内部控制在超越阶段有何最新控制理论？

2003年，COSO委员会发布了《企业风险管理框架（草稿）》，2004年9月，COSO委员会正式公布该报告的最终稿《企业风险管理——整合框架》。该框架指出，全面风险管理是一个由企业的董事会、管理层和其他员工共同参与的，应用于企业战略制定和企业内部各个层次和部门的，用于识别可能对企业造成潜在影响的事项并在其风险偏好范围内管理风险的，为企业目标的实现提供合理保证的过程。

根据ERM框架，内部控制包括三个维度：第一维是企业的目标，第二维是全面风险管理要素，第三维是企业的各个层级。第一维企业的目标有四个，即战略目标、经营目标、报告目标和合规目标。第二维全面风险管理要素有8个，即内部环境、目标设定、事件识别、风险评估、风险对策、控制活动、信息和交流、监控。第三维企业的各个层级，包括整个企业、各职能部门、各条业务线及下属各子公司。ERM三个维度的关系如下：全面风险管理的8个要素都是为企业的四个目标服务的；企业各个层级都要坚持同样的四个目标；每个层次都必须从以上8个方面进行风险管理。该框架适合各种类型的企业或机构的风险管理。

背景资料　　　　风险组合观/风险偏好/风险容忍度

COSO发布的《企业风险管理——整合框架》创新之处就在于融合了风险管理的理论和方法，丰富和完善了内部控制的内涵和外延，其中主要体现在风险组合观、风险偏好、风险容忍度三个概念的引入和运用。

风险组合观（an entity-level portfolio view of risk）：在单独考虑如何实现企业各个目标的过程中，企业风险管理框架更看重风险因素。除单独考虑各个风险因素之外，更有必要从总体的、组合的角度理解风险。企业风险管理要求企业管理者以风险组合的观点看待风险，对相关的风险进行识别并采取措施使企业所承担的风险在风险偏好的范围内。对企业内每个单位而言，其风险可能落在该单位的风险容忍度范围内，但从企业总体来看，总风险可能超过企业总体的风险偏好范围。因此，应从企业总体的风险组合的观点看待风险。

风险偏好（risk appetite）：风险管理框架是针对企业目标实现过程中所面临的风险，对企业风险管理提出风险偏好和风险容忍度两个概念。从广义上看，风险偏好是指企业在实现其目标的过程中愿意接受的风险的数量。一般从定性的角度将风险偏好分为风险喜好、风险中性和风险厌恶三种类型。此外，企业也可以采用定量的方法对风险偏好进行衡量，反映企业的目标、收益与风险之间的关系并进行权衡。企业的风险偏好与企业的战略直接相关，企业在制定战略时，应考虑将该战略的既定收益与企业的风险偏好结合起来。不同的战略给企业带来的风险也不同，在企业战略制定阶段就进行风险管理，就是要帮助企业的管理者在不同战略间选择与企业的风险偏好相一致的战略。

风险容忍度（risk tolerances）：风险容忍度是指在企业目标实现的过程中对差异的可接受程度，是企业在风险偏好的基础上设定的对相关目标实现过程中所出现的差异的可容忍限度。在确定各目标的风险容忍度时，企业应考虑相关目标的重要性，并将其与企业风险偏好联系起来。将风险控制在风险容忍度之内能够在更大程度上保证企业的风险被控制在风险偏好的范围内，也就能够从更高程度上保证企业目标的实现。

1.3 中国内部控制的发展状况

问题一：目前中国制定了哪些内部控制规范？

中国市场经济迅猛的发展实践远远超前于企业管理和控制的理论研究和政策规范。"摸着石头过河"成为我国经济发展中现实和无奈的选择。中国股市的琼民源、银广夏、蓝田股份等公司舞弊、倒闭给广大投资者和新生的资本市场投下了令人痛心的阴霾。如何有效治理公司舞弊，维持企业有效运营，以保护广大投资者的利益和保障资本市场的健康发展，已经成为影响中国经济持续发展的问题。世界发达资本市场国家的经济发展也并非一帆风顺。最早的"南海事件"到今天的安然、世通舞弊案都是很好的例证。国外的监管者和理论界将目光投向了内部控制，取得了一定的成效，其理论研究和内部控制实践为我国提供了可资借鉴的内容。

20世纪90年代以来，在借鉴其他国家和经济组织内部控制规范的基础上，中国内部控制从无到有，取得了迅猛发展。

1996年12月，中国注册会计师协会发布《独立审计具体准则第9号——内部控制和审计风险》，要求注册会计师审查企业的内部控制。并对内部控制的定义、内部控制的内容（包括控制环境、会计系统和控制程序）等做出了规定。

1997年5月，中国人民银行颁布《加强金融机构内部控制的指导原则》，这是我国第一个关于内部控制的行政规定。

1999年颁布的新《会计法》是我国第一部体现内部会计控制要求的法律，该法将企业（单位）内部控制制度当做保障会计信息"真实和完整"的基本手段之一；第27条明确提出：各单位应当建立、健全本单位内部会计监督制度，单位内部会计监督制度应当符合下列要求：记账人员与经济业务事项和会计事项的审批人员、经办人员、财物保管人员的职责权限应当明确，并相互分离、相互制约；重大对外投资、资产处置、资金调度和其他重要经济业务事项的决策和执行的相互监督、相互制约程序应当明确。财产清查的范围、期限和组织程序应当明确；对会计资料定期进行内部审计的办法和程序应当明确。

2000年1月，国家审计署实施《中华人民共和国国家审计基本准则》，其中将对企业（单位）内部控制制度的测试当做"作业准则"予以明确。

2001年6月，财政部发布《内部会计控制——基本规范（试行）》和《内部会计控制基本规范——货币资金（试行）》；2002年12月，财政部发布《内部会计控制规范——采购与付款（试行）》和《内部会计控制规范——销售与收款（试行）》；2003年10月，财政部发布《内部会计控制规范——工程项目（试行)》。

1999年，中国证监会发布《关于上市公司做好各项资产减值准备等有关事项的通知》，要求上市公司本着审慎经营、有效防范化解资产损失风险的原则责成相关部门拟订（或修订）内部控制制度，监事会对内部控制制度制定的情况进行监督。2000年11月，证监会发布《公开发行证券公司信息披露编报规则》，要求公开发行证券的商业银行、保险公司、证券公司应建立健全企业内部控制制度；2002年12月19日，中国证监会发布《证券投资基金管理公司企业内部控制指导意见》，首次系统地提出基金公司企业内部控制的目标和要求。

2006年6月，上海证券交易所发布《上海证券交易所上市公司内部控制指引》，2006年9月，深圳市证券交易所制定了《深圳证券交易所上市公司内部控制指引》，该类指引界定了上市公司内部控制的范围，规定了从公司治理到业务控制的一系列规则。

2006年6月6日，国资委出台《中央企业全面风险管理指引》，该指引要求企业围绕总体经营目标，通过在企业管理的各个环节和经营过程中执行风险管理的基本流程，培育良好的风险管理文化，建立健全的全面风险管理体系，包括风险管理策略、风险理财措施、风险管理的组织职能体系、风险管理信息系统和内部控制系统，从而为实现风险管理的总体目标提供合理保证的过程。

背景资料　　《会计法》关于内部控制的相关规定

　　1999年颁布的新《会计法》首次提出关于内部控制的要求，第27条明确提出：各单位应当建立、健全本单位内部会计监督制度，单位内部会计监督制度应当符合下列要求：记账人员与经济业务事项和会计事项的审批人员、经办人员、财物保管人员的职责权限应当明确，并相互分离、相互制约；重大对外投资、资产处置、资金调度和其他重要经济业务事项的决策和执行的相互监督、相互制约程序应当明确。财产清查的范围、期限和组织程序应当明确；对会计资料定期进行内部审计的办法和程序应当明确。

问题二：中国内部控制将走向何方？

2006年7月15日，受国务院委托，财政部牵头，由财政部、国资委、证监会、审计署、银监会、保监会联合发起成立企业内部控制标准委员会，许多监管部门、大型企业、行业组织、中介机构、科研院所的领导和专家学者积极参与，为构建我国企业内部控制标准体系提供了组织和机制保障。

企业内部控制标准委员会的职责和目标是总结我国经验，借鉴国际惯例，有效利用国际国内资源，充分发挥各方面积极作用，通过3～5年的努力，基本建立一套以防范风险和控制舞弊为中心、以控制标准和评价标准为主体的内部控制制度体系，以及以监管部门为主导，各单位具体实施为基础，会计师事务所等中介机构咨询服务为支撑，政府监管和社会评价相结合的内部控制实施体系，推动公司、企业和其他非营利组织完善治理结构和内部约束机制，不断提高经营管理水平和可持续发展能力。

内部控制标准体系主要包括基本规范、具体规范和应用指南。具体内容如图1-2所示。基本规范规定内部控制的基本目标、基本要素、基本原则和总体要求，是制定具体规范和应用指南的基本依据，在内控标准体系中起统驭作用。具体规范是根据基本规范,从内部控制角度对企业办理具体业务与事项作出的具体规定。具体规范内容构成如图1-3所示。应用指南是根据基本规范和相关具体规范制定的详细解释和说明,主要是为某些特殊行业、特殊企业、特定内控程序提供操作性强的指引。本书将在第2~6章中对我国内部控制标准体系的相关内容和应用实践展开详细阐述。

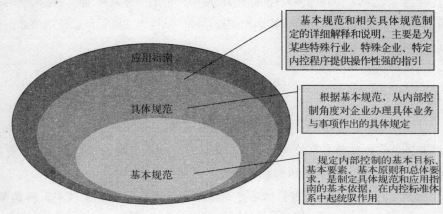

图1-2 中国企业内部控制标准体系

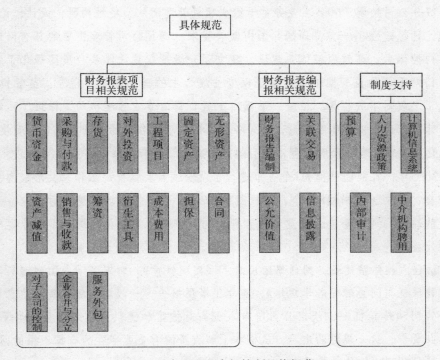

图1-3 中国企业内部控制具体规范

> **背景资料   我国内部控制与风险管理融合的理念**
>
>   2006年6月6日，国资委出台《中央企业全面风险管理指引》，该指引体现了内部控制与风险管理相互融合的思想。指引要求企业围绕总体经营目标，通过在企业管理的各个环节和经营过程中执行风险管理的基本流程，培育良好的风险管理文化，建立健全全面的风险管理体系，包括风险管理策略、风险理财措施、风险管理的组织职能体系、风险管理信息系统和内部控制系统，从而为实现风险管理的总体目标提供合理保证的过程。

案 例

中国网通内控成效

　　中国网通作为在美上市的境外上市企业，按照《萨班斯法案》生效时间要求，在2006年7月15日开始执行对内部控制的评价和报告。

　　自2004年11月着手推进内控体系建设以来，网通集团下发了《中国网通集团内部控制体系建设指导意见》，成立了集团、省、地市三级内控项目组织机构。从各省级分公司抽调了60多名业务骨干组成项目管理团队，经过调研、设计、论证、实践，已经建立了一套符合国际国内监管要求、满足公司管理需要的具有网通特色的内控体系。通过内控体系建设，建立了分级授权责任体系，集团强化了各专业部门对下级的监管职能，建立了以专业线为主的垂直管理、指导、监督机制，形成了上级对下级指导、检查，下级对上级负责的专业管理格局，保证了两级责任的落实。通过内控体系建设，公司各项基础管理工作开始走向系统化、制度化、流程化，实现了各项经营管理活动有规则、有流程、有标准、有监督、有记录。

　　2005年，在集团总部和7个省市进行了调研试点及试推广工作，共形成内控文档22套，其中流程描述860个、流程图1 262个，发现了诸多管理层面及业务流程层面的缺陷。通过整改，企业各项管理走向规范化、系统化，提高了企业运行效率和效益。

　　结合内控体系建设，网通集团出台了《网通铁律》，制定了《中国网通集团信息质量保证与问责管理若干规定》，建立了层层报告、一级对一级负责的信息质量责任声明和传导机制，规定公司所有人员均对披露和提供的信息质量签名承诺，并终身负责。这一规定的出台，从根本上解决了国有企业存在的有章不循的问题，有力地推动了内控体系的建立。

通过内部控制体系建设，改进了企业管理的模式，提升了经营效率。例如在采购与物流成本控制方面，在通信大发展时期，电信企业在采购与物流环节上的管理比较粗放，重采购轻管理等现象比较突出，物资积压、网络资源沉淀等现象较为普遍。中国网通从内控体系构建入手，通过重建采购与物流体系，实施有效的供应链控制管理，对各级各类物资、服务实行采购与物流的统一归口管理，企业总供应链运作成本降低了25%～50%，生产效率提高了10%～16%，库存降低了25%～66%。2005年，中国网通集团总部对7种物资实施了全局性集中采购，各省级公司完成了41类主要通信物资的集中采购，累计节省资金7.6亿元人民币，压缩库存11.6亿元。

在近三年的时间里，中国网通完成了147个单位的内控体系建设，共梳理内控流程6 920个，对近16 000个关键控制活动进行了测试。经过世界知名的普华永道会计师事务所审计，测试结果为零缺陷，内控工作最终取得令人满意的实质效果。2007年5月31日，普华永道在美国证券交易委员会（SEC）的20F报告中，对中国网通内控工作正式出具了无保留意见的审计报告。至此，中国网通成为率先通过美国《萨班斯法案》404条款的国内电信运营商。

1.4 内部控制在世界范围内的发展状况

问题一：银行业的内部控制规范是什么？
——《银行组织内部控制系统框架》

1998年9月，巴塞尔委员会在充分吸收美国COSO报告的基础上，推出了《银行组织内部控制系统框架》（*Framework for Internal Control Systems in Banking Organizations*）。此框架是银行内部控制理论研究的历史性突破，一经发表便为各国银行监管当局承认和接受，目前已经成为建立与评价银行内部控制的权威依据。《银行组织内部控制系统框架》在五个方面提出了13条原则。

第一方面，对内控文化提出了三条原则

原则1：董事会有义务批准、定期检查银行的经营策略和重要政策；了解银行经营中的风险，明确可以接受的风险程度，确保公司的高级人员采取必要的步骤，识别、衡量、监测和控制这些风险；审核公司的组织机构；确保公司的高级管理人员对内控制度的有效性进行监测。董事会最终有义务建立和维持完善、有效的内控制度。

原则2：高级管理层有义务实施董事会批准通过的经营策略和方针；制定和完善有关的制度和程序，用以识别、衡量和监测银行业务中的风险；建立和完善内部组织结构，明确相互的权力和责任；确保赋予下级的任务能够得到有效的执行；制定适当的内控政策；对内控制度的有效性和是否完善进行监测。

原则3：董事会和高级管理层有义务促进银行内部职业道德水平的提高，在银行内部建立一种控制文化，向内部各级职员强调和宣传内部控制的重要性。银行的所有职员都应该了解各自在内控制度中的作用，全面投入内控制度的建设。

第二方面，对识别和评价风险提出一条原则

原则4：为了建立一个有效的内部控制制度，必须有效识别和持续评价有关风险，特别是对银行经营目标有负面影响的重要风险。银行面临的其他风险也必须进行评价（主要包括信用风险、国家和支付转移风险、市场风险、利率风险、流动性风险、经营风险、法律风险和声誉风险）。内控制度还必须随时加以修改和完善，对新的或者以前没有控制的风险进行控制。

第三方面，对内控措施和责任分离提出五条原则

原则5：内控措施应该成为银行日常业务中不可分离的一部分。一个有效的内控制度应该首先建立一套适当的内控结构，在银行业务的每一层级都有明确的内控措施。这些内控措施包括：高层审核、不同部门采取的内控措施；对是否遵守风险头寸进行检查，并在出现违规情况时进行监督；建立审批、授权及核实制度。

原则6：为了建立有效的内控制度，必须建立适当的责任分离制度，银行职员不能承担有利益冲突的工作。对于潜在的利益冲突，必须加以识别，尽可能降低到最低限度，并且进行仔细、独立地监督。

原则7：有效的内控制度同时也应该是一个有效的信息数据系统，掌握全面的内部财务、经营、监测信息，以及与内部决策有关的、反映重大事件和条件变化的外部市场信息。信息本身应该是及时可靠的，随时可以获得，并且前后一致。

原则8：有效的内控制度要求银行必须建立可靠的信息系统，反映银行所有重大业务的情况。所有的信息，包括以电子方式持有和使用的信息，必

须保密，独立监测，并且在意外事件发生时，有完善的措施作为备用手段。

原则9：有效的内控制度必须有有效的信息沟通渠道，保证所有银行职员充分了解和遵守涉及其责任和义务的所有政策和程序，保证其他有关信息能够与恰当的人员沟通。

第四方面，对内控制度的监测提出三条原则

原则10：应该对内控制度是否有效进行持续的监测。对主要风险进行监测应该成为银行日常业务活动的组成部分，同时，还应由业务部门和内部稽核部门对其进行定期评价。

原则11：内控制度还应该包括完善有效的内部稽核制度，由独立的，经过良好训练的合格职员从事内部稽核工作。内部稽核是内控制度中监测工作的一部分，应该直接向董事会或其稽核委员会报告，向高级管理层报告。

原则12：对于内控制度中的缺陷，无论由业务部门、内部稽核部门或者其他职员发现，都应该及时向适当的管理层报告，并加以及时处理。内控制度中的重大缺陷应该直接向高级管理层和董事会报告。

第五方面，监管机构对内控制度的评价提出一条原则

原则13：银行的监管机构应该规定，所有银行，不管其大小如何，都应该建立有效的内控制度，同其业务性质、复杂性及表内和表外业务中的潜在风险相适应，并且随着银行外部环境和条件的变化而不断完善。如果监管机构认为银行的内控制度不完善，或缺乏有效性（例如，没有遵守本报告中规定的所有原则），则应该采取相应的措施和行动。

背景资料　　　　巴塞尔委员会及《巴塞尔协议》

银行业的内部控制以巴塞尔协议及《银行组织内部控制系统框架》（*Framework for Internal Control Systems in Banking Organizations*）为其表现形式。巴塞尔委员会是1974年由美国、英国、法国、联邦德国、意大利、日本、荷兰、比利时、加拿大和瑞典（"10国集团"）中央银行行长倡议建立的一个由中央银行和银行监管当局为成员的委员会，办公地点设在国际清算银行的总部所在地瑞士的巴塞尔，主要任务是讨论有关银行监管的问题。

《巴塞尔协议》是国际清算银行巴塞尔银行监管委员会自1975年至今所制定发布的一系列原则、协议、标准和建议的统称，是国际清算银行成员国的中央银行统一监管的有机文件体系，因此，又称为巴塞尔文件体系（basle framework），也是国际金融界的规则，对所有从事国际业务的银行机构有重大影响。其实质是为了完善与补充单个国家对商业银行监管体制的不足，减轻银行倒闭的风险与代价，是对成员国商业银行联合监管的最主要形式，并且具有很强的约束力。巴塞尔协议的价值得到了广泛的认同，在20世纪90年代成为一个世界性的标准，有超过100个国家将巴塞尔协议的框架运用于其本国的银行系统。

问题二：内部控制与公司治理有哪些相关规范？
——《OECD公司治理原则》

1999年，世界经济合作和发展组织（OECD）发布了《OECD公司治理原则》（*OECD Principles for Corporate Governance*），该《原则》对公司的治理结构主要规定了五个方面的内容，它们分别是：①股东权利。强调治理结构框架应保护股东权利；②对股东的平等待遇。强调治理结构框架应当确保所有股东，包括小股东和外国股东受到平等待遇。如果他们的权利受到损害，他们应有机会得到有效补偿；③利害相关者在公司治理结构中的作用。强调公司治理结构的框架应当确认利害相关者的合法权利，并且鼓励公司和利害相关者在创造财富和工作机会以及为保持企业财务健全方面进行积极地合作；④信息披露和透明度。强调治理结构框架应保证及时准确地披露与公司有关的任何重大问题，包括财务状况、经营状况、所有权状况和公司治理状况的信息；⑤董事会责任。治理结构框架应确保董事会对公司的战略性指导和对管理人员的有效监督，并确保董事会对公司和股东负责。

OECD又在2002年开始重新考察最新的公司治理发展状况，对准则进行重审和修改，公布了2004年版的公司治理准则。新的公司治理准则开始从更倾向于公司内部的权利关系的授予、监控、制约安排，转向注重内外部的各种利益相关因素的协调转变；从更倾向于公司高层的权术安排游戏，向企业员工和债权者等原来忽略的因素倾斜。将公司员工的参与问题，提高到OECD所称的员工具有"重要且合法的非所有者权利"，也就是在公司治理中如何在关注股东与管理层、董事会与高管之间的博弈关系的同时，不至于将"提高员工参与程度的机制"简单地划入企业内部的管理问题，而将其从公司治理的视野中剔除。另外，对债权人的看法，OECD把它推进到"债权人在公司治理中扮演着重要的角色，他们能够对公司运作起到外部监管者的作用"这样的高度，这是一个巨大的转变。大大扩展了所谓"利益相关者"的定义范围和对它的重视。在参与公司治理的问题上，OECD把它从笼统的"利益相关者"明确为"员工"。OECD在"董事会的责任"一节中将"董事会应该保证遵守适当的法律，并充分考虑到股东的利益"修改为"董事会应该具有很高的伦理标准，它应该考虑到利益相关者的利益"。我们如果从中仔细体味一下前后的差别，就可以发现OECD的苦心：公平不仅仅应该体现在股东、董事会和管理层的授权监控和制约之间，更应该在对企业的全体利益相关者之间的关系处置和结构机制安排上体现出来。在企业追逐利益的过程中，应当透过形式上的治理结构安排和切实的运作行为让所有人看得到企业的社会责任和道德伦理之所在。

背景资料　　世界经济合作和发展组织（OECD）

1998年，世界经济合作和发展组织（OECD）成立了一个专门制定公司治理国际基准的委员会，OECD公司治理工作组的职责是负责协调并指导OECD关于公司治理及其他公司事务方面的工作，包括国有资产、市场诚信、公司法、破产、民营化等。指导和支持OECD在公司治理领域的推广活动，包括同世界银行在亚洲、拉美、俄国、东南欧等地共同推出地区性公司治理圆桌会议（regional corporate governance roundtables）是工作组的一项核心工作。

问题三：内部控制与信息系统有哪些规范？——COBIT标准

COBIT是一个基于IT治理概念的、面向IT建设过程的IT治理实现指南和审计标准。COBIT的目标是为信息系统审计提供公认的信息安全和控制评价标准，它将信息系统的作业过程划分为规划与组织、获取与实施、交付与支持、监控4个阶段，各阶段共包括34个具体步骤（见表1-1）。建立电子商务系统的内部控制程序和政策应以COBIT框架的34项作业步骤作为控制流程主线，针对各步骤的作业内容、控制目标和固有风险，选择COSO报告中的相应控制要素及控制要点来构成本环节的相应控制政策。COBIT将IT过程、IT资源及信息与企业的策略与目标联系起来，形成一个三维的体系结构。其中，IT准则维集中反映了企业的战略目标，主要从质量、成本、时间、资源利用率、系统效率、保密性、完整性、可用性等方面来保证信息的安全性、可靠性、有效性；IT资源维主要包括以信息、应用系统、设施及人在内的与信息相关的资源，这是IT治理过程的主要对象；IT过程维则是在IT准则的指导下，对信息及相关资源进行规划与处理，从信息技术的规划与组织、获取与实施、交付与支持、监控4个方面确定了34个信息技术处理过程，每个处理过程还包括更加详细的控制目标和审计方针，以对IT处理过程进行评估。

表1-1 COBIT的4个控制域的34个处理过程

规划与组织	获取与实施	交付与支持	监　　控
定义IT战略规划	确定自动化的解决方案	定义并管理服务水平	过程监控
定义信息体系结构	获取并维护应用程序软件	管理第三方的服务	评价内部控制的适当性
确定技术方向	获取并维护技术基础设施	管理性能与容量	获取独立保证
定义IT组织与关系	程序开发与维护	确保服务的连续性	提供独立的审计
管理IT投资	程序安装与鉴定	确保系统安全	
传达管理目标和方向	更新管理	确定并分配成本	
人力资源管理		教育并培训客户	
确保与外部需求一致		信息技术咨询	
风险评估		配置管理	
项目管理		处理问题和突发事件	
质量管理		数据管理	
		设施管理	
		运营管理	

COBIT模型是企业战略目标和信息技术战略目标的桥梁，使得信息技术目标和企业战略目标之间实现互动。COBIT考虑了企业自身的战略规划，对业务环境和企业总的业务战略进行分析定位，并将战略规划所产生的目标、政策、行动计划作为信息技术的关键环境，由此确定IT准则。在IT准则指导下，利用控制目标模型，分别从规划与组织、获取与实施、支付与支持、监控等过程来控制和管理信息资源，在信息系统管理和控制的同时，引入审计指南，从而保证IT资源管理的安全性、可靠性和有效性。

背景资料　　　　信息系统控制的COBIT标准

COBIT是Controlled Objectives for Information and Related Technology的缩写，即信息及相关技术的控制目标，2000年7月，由国际电脑稽核协会所属的信息系统审计与控制基金会修订完成。COBIT是 ISACA制定的面向过程的信息系统审计和评价的标准。对信息化建设成果的评价，按照系统属性可以划分为若干方面，如对最终成果评价、对建设过程评价、对系统架构评价等。**COBIT**是一个基于**IT**治理概念的、面向**IT**建设过程的**IT**治理实现指南和审计标准。（**ISACA**，信息系统审计和控制联合会，成立于1969年，是国际上最负盛名的信息控制理论研究及研究资料的出版机构，是一个专门从事**IT**治理相关技术研究、教育的国际组织。它在全球拥有100多个会员国，主要任务定位于协调世界范围内建立**IT**控制惯例，并与其他国际组织如财务、会计、审计及**IT**专业建立了战略联盟，使自己在**IT**治理方面达到世界最高水平。）

第2章 内部环境

企业是在一定环境中存在和发展的系统，其所面临的环境分为外部环境与内部环境。不论是战略制定还是风险管理，企业都需要首先对内、外部环境进行细致、深入的分析。外部环境包括社会环境和行业环境。企业的社会环境主要包括以下几个方面：经济因素、技术因素、政治与法律因素、社会文化因素等；企业的行业环境是指直接影响企业和受企业影响的要素或组织，包括当地政府、地方社区、供应商、竞争者、客户、信贷机构、雇员与工会、特殊利益体以及商业联盟等。那么，企业的内部环境包含哪些内容，又是怎样对企业产生影响的？本章将从内部控制的基础要素视角对内部环境进行探讨。

近年来，国内外上市公司频频出事。究其原因，如果说我国企业是因为内部控制或风险管理体系未建立或不健全，那么那些在市场经济体制下洗礼很多年的美国大公司又做何解释呢？追溯至20世纪30年代内部会计控制理论的出现，美国的内部控制理论已经过近百年的发展，现已日趋完善并支持着一整套完整的、规范的财务与会计管理制度以及各种各样的授权制度、审批流程、操作规范和监控制度。然而，事实表明，仅着力于企业的内部控制方法和措施，而不关注控制方法有效实施所依存的内部环境，必定不能取得预期的成效。内部环境犹如内部控制大厦的根基，如果根基不牢固，再漂亮的楼房也无法长久。因此，对内部环境要素的深入探讨具有非常重要的意义。

2.1 内部环境的概念

问题一：何谓内部环境？

美国注册会计师协会（AICPA）于1988年5月发布的《审计准则公告第55号》（SAS55）中第一次提出了控制环境的概念，并指出控制环境是内部控制的三要素之一。1992年美国COSO报告，即内部控制框架重新认定内部控制的概念，并指出内部控制框架由五个具有内在联系的要素组成，其中控制环境是整个内部控制框架的基础。根据内部控制框架，内部环境是指对建立、加强或削弱特定控制政策、程序及其效率产生影响的各种因素的总称。它是一种整体氛围，塑造企业文化，影响企业员工的控制意识，影响到内部各成员实施控制的自觉性。2004年COSO委员会发布了《企业风险管理——整合框架》(ERM框架)，以"内部环境"代替了"控制环境"。与"控制环境"相比，"内部环境"不仅仅是名称的变化，而是在内容上有所扩展，引入了风险管理理念和风险偏好两个概念。内部环境确立了企业对待风险的态度和可能采取的应对策略。

2006年我国集合各方力量成立了内部控制标准委员会，其成果《企业内部控制规范——基本规范》指出："内部控制包括内部环境、风险评估、控制措施、信息与沟通、监督检查五个要素。内部环境是影响、制约企业内部控制建立与执行的各种内部因素的总称，是实施内部控制的基础"。五要素的划分合理借鉴了以美国COSO报告为代表的国外内部控制框架，并根据我国国情进行了较大调整和改进。

简而言之，内部环境决定了企业决策层、管理层以及执行层对待经营过程中风险的态度，而对于风险的态度又进一步决定企业将采取怎样的控制策略和控制策略实施的有效性。因此，内部环境是企业风险管理体系的基础，它影响、制约着企业内部控制的建立与执行。

问题二：内部环境在内部控制中有何作用？

首先，内部环境是内部控制体系的基础，它奠定了组织对于风险的总体基调，决定了主体中的人如何认识、识别、评估风险并采取行动。其次，内部环境影响风险评估、控制活动、信息与沟通体系、监控措施及其他内控要素的设计与运行，为内部控制的有效实施提供了重要保障，从而最终为企业战略目标、营运目标、合规性目标和报告目标提供保证。

问题三：内部环境包含哪些要素？

在COSO委员会发布的《内部控制——整合框架》中，控制环境构成要素包括董事会、组织结构、权责分派方式、员工胜任能力、管理哲学与经营风格以及人力资源政策和实务。2004年发布的ERM框架指出，内部环境包括风险管理理念和风险偏好、诚信和道德价值观，以及它们所处的经营环境。与《内部控制——整合框架》相比，ERM框架更加关注风险，因此将风险管理理念和风险偏好引入内部环境。

2001年，我国财政部发布的《内部会计规范——基本规范》采纳了内部环境的提法，但在构成要素上与COSO报告有所不同，更多考虑了我国企业的特点，其中包括治理结构、内部机构设置与权责分配、企业文化、人力资源政策、内部审计机制与反舞弊机制。在现实中，由于各国市场环境、公司治理结构及企业的具体情况存在较大差异，从而导致企业内部环境因素也不可能完全相同，因此在研究如何设计和完善我国企业内部控制环境时，要根据企业现状进行分析，进而得出影响我国企业内部控制环境的主要因素。笔者认为，内部环境应包括如图2-1所示的9个因素，即风险管理理念、风险偏好、董事会、操守和价值观、对胜任力的要求、组织结构、职权分配、人力资源政策和管理层影响。

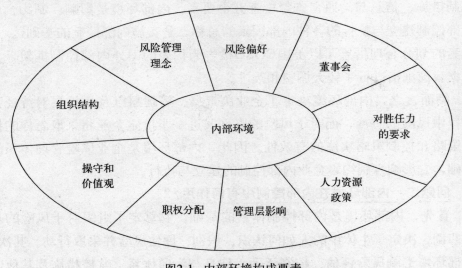

图2-1　内部环境构成要素

2.2　风险管理理念

问题一：何谓风险管理理念？

企业的风险管理理念是指企业从战略制定到日常经营过程中对待风险的一系列信念与态度，它反映了企业的价值观，影响着企业的文化和经营风格，也影响到企业目标的设定、对风险的识别及应对。

企业的风险管理理念可以从政策表述、口头和书面的沟通及决策中反映出来。无论管理层是强调书面的政策、行为准则、业绩指标和例外报告，还是强调更为非正式的与关键管理者的大量沟通，日常行为对风险管理理念的强化作用都应当受到应有的重视。

问题二：企业如何确定风险管理理念？

不同企业、管理者对待风险的信念和态度不同，且在不同的管理体制和激励机制下，企业员工对待风险的信念和态度也会有所不同。统一、明确、被大多数员工接受的风险管理理念才能有效地确认和管理风险，进而实现内部控制目标。

企业风险管理理念体现在日常经营的各个方面，包括目标制定、权责分派、信息与沟通，以及各种各样的管理决策之中。一些国外优秀企业在确立风险管理理念时，一般都遵循以下几个基本原则，这些原则非常值得我们学习与借鉴。

（1）企业进行决策时，应该考虑不同形式的风险。

（2）不仅对单个业务部门或职能部门的风险进行评估，还应从企业整体角度考虑风险。

（3）企业管理层应该努力创建一个公司层次上的整体的风险观念。

（4）监督并保证企业政策、程序及风险管理相关规定能够得到有效的执行。

（5）提高公司内部各个方面、各个层级的风险管理实务能力。

（6）对公司存在的重大风险以及风险管理系统的缺陷或失效进行记录和报告。

案 例

中航油投机失败——漠视风险

中航油（新加坡）的前身是成立于1993年5月的中国航空油料运输（新加坡）私人有限公司，其母公司为中国航空油料总公司——国内航空公司油料的垄断者。1997年中航油（新加坡）转型为石油贸易公司，为母公司系统的所有石油用户采购石油，并逐步建立起中国航油垄断进口商的地位。2003年下半年，中航油（新加坡）开始投机于风险较大的石油期货与期权交易，并最终玩火自焚。

风险意识的淡薄和过分的自满使得中航油（新加坡）管理层从未正视风险状况，甚至有"亏损是指实际亏损，而不是账面亏损，我们当时只是账面亏损"之类的言论，对风险的漠视最终导致中航油（新加坡）草率承担了大量不可控制的风险。

在企业的经营运作中不可避免地要面对风险，企业管理者面临的挑战就是在增加股东价值的同时准备接受多大的风险。虽然风险管理不是企业的最终目标，但是风险管理能力决定了企业绩效，决定了企业的生存、发展能力。考察中航油（新加坡）事件，我们可以发现该企业风险管理体系形同虚设。具体而言，中航油（新加坡）的相关操作既违反了国务院在1999年就发布的《期货交易管理暂行条例》中的有关规定，又违反了安永会计师事务所为其制定的《风险管理手册》中的规定，然而，中国国资委和证监会的监管、新加坡当地法律的监管以及公司内部的监管体系却同时失灵了，以致公司在连连亏损的同时被评为2004年度新加坡最具透明度的上市公司。

根据中航油内部规定，损失20万美元以上的交易，都要提交给公司的风险管理委员会评估，累计损失超过35万美元的交易，必须得到总裁的同意才能继续；任何导致50万美元以上损失的交易，将自动平仓。当中航油（新加坡）在市场上不断亏损时，公司内部的风险控制机制完全没有启动。手册中还明确规定，损失超过500万美元，必须报告董事会。但陈久霖从来不报，集团公司也没有制衡的办法。从某种角度上来看，中航油集团甚至失去了控股公司的意义。中航油（新加坡）事件不同于一般意义上的违规问题，而是风险防范机制的全盘崩溃，导致这一灾难性后果的主要原因之一就是公司管理层错误的风险管理理念——漠视风险。

2.3 风险偏好

问题一：何谓企业风险偏好？

2004年，企业风险管理框架不仅增加了战略目标这一重要内容，还引入了风险偏好、风险容忍度等创新概念。所谓风险偏好，广义地讲，就是企业在追求其价值增值过程中所愿意接受的风险数量。风险偏好反映了一个企业的风险管理理念，进而影响主体的文化和经营风格，并与风险容忍度相联系，影响着企业目标的设定。

问题二：如何正确选择企业风险偏好？

企业的风险偏好与战略之间是具有相关性的。任何一种战略都是为实现预期的增长和收益目标而设计的，不同的战略具有不同的风险。在战略设定方面，企业风险管理帮助管理层选择与企业风险偏好相一致的战略。如果与战略相伴随的风险与企业的风险偏好不符，则应修正战略。

企业的风险偏好反映到企业的战略之中，进而引导企业资源的配置。

管理层将根据不同业务单元的战略计划与企业的整体风险偏好，将资源在不同的业务单元进行分配，以使投入的资源取得预期的收益。企业的管理层将整个组织、人员、流程及基础设施进行整合以利于战略的成功实施，并使企业的运营不超出公司的风险偏好。企业管理层在选择风险偏好时需要考虑如下问题：

（1）企业可以接受哪些风险？

（2）企业对各个业务单元已接受的或准备接受的风险是否满意？

（3）企业准备承受多大的风险来执行提高资本收益率的新举措？

（4）基于对主要的风险发生的可能性与后果的估计，企业愿意以多少资本来弥补"最差情景"的风险损失？对发生可能性不大但一旦发生就会影响到公司生存的风险，公司是否愿意接受？

（5）公司愿意接受竞争风险的程度是多少？比如为了取得更大的市场份额而降低毛利率的风险？

（6）公司有多强的愿望准备进行成功可能性相对较小但回报可能性比较大的新的项目？

2.4 董事会

问题一：董事会在内部环境中处于何种地位及其作用如何？

COSO报告把内部环境作为其他内部控制组成要素的基础，尤其把董事会对风险的态度和认识作为内部环境的首要内容，凸显出人的因素特别是高层人员在内部控制中的重要地位。虽然从理论上说，对经营者的制约主要通过两种方式（一是以资本市场、产品市场及法律规章制度为主体的外部控制机制；二是以董事会为主体的内部控制机制），但理论和实践均已证明，外部控制机制和内部控制机制对于经营者的制约能力并不完全相同。相比之下，董事会是约束经营者日常行为、实现事前帕累托最优的最合适的手段。

董事会和审计委员会相对于管理层的独立性、董事会和审计委员会成员的经验和道德境界、其参与和监督企业活动的范围以及其行为的适当性、对管理层提出问题的深度和广度、董事会和审计委员会与内外部审计师的关系五方面构成企业风险防范机制的基础。另外，在董事会中，必须有足够数量的独立董事，他们不但要提供合理的建议、咨询和指导，而且还要对管理当局形成必要的牵制和制衡。

问题二：《萨班斯法案》对董事会责任提出哪些新要求？

1. 关于董事和高级经理的责任

（1）上市公司所有定期报告（包括公司依照1934年证券交易法规定编制的会计报表）应附有公司CEO与CFO签署的承诺函；承诺函的内容包括：确保本公司定期报告所含会计报表及信息披露的适当性，保证此会计报表及信息披露在所有重大方面都公正地反映了公司的经营成果及财务状况。

（2）CEO和CFO必须返还由于其行为不当而获取的奖金、红利或权益性报酬，如在公司定期报告中发现因实质性违反监管法规而被要求重编会计报表时，公司的CEO/CFO应当将12个月内从公司收到的所有奖金、红利、其他形式的激励性报酬以及买卖本公司股票所得收益返还给公司。

（3）发行人不得向公司董事或高级经理提供个人贷款，其若有10%的股权变动必须在两个营业日内披露，另外，在养老金计划管制期内，其持有该公司的股票不得进行交易或从中谋利等。

（4）如果公司CEO/CFO事先知道违规事项，但仍提交承诺函，最多可以判处10年监禁以及100万美元的罚款；对于故意做出虚假承诺的，最多可以被监禁20年并判处500万美元的罚款。

2. 关于董事会下设审计委员会的主要规定

（1）发行人必须建立"完全独立"的审计委员会，为保证独立性，审计委员会必须完全由"独立董事"组成，独立董事不得是公司或者其子公司的关联人士，其中至少一人应是财务专家。

（2）审计委员会以董事会下属委员会的身份，对聘用会计师事务所、决定其报酬事项以及对其进行监督的事项负直接责任；会计师事务所在审计过程中遇到的重大事项必须及时报告审计委员会。

（3）为保证审计委员会能够及时发现公司的会计和审计问题，还需要建立一套处理举报或投诉的工作程序以及相应的监测系统、反应机制。

《萨班斯法案》的颁布实施弥补了美国现有公司治理结构的缺陷和监管体系上的漏洞，为监管机构查处财务欺诈提供了强有力的法律武器，使公司的激励机制与责任追究机制达成某种平衡。

问题三：我国内部控制规范对于董事会责任有何规定？

《企业内部控制规范——基本规范（征求意见稿）》中重点对董事会责任做出新的要求，企业董事会应当充分认识自身对企业内部控制所承担的责任，加强对本企业内部控制建立和实施情况的指导和监督。

（1）董事长（或者法定代表人、代表企业行使职权的主要负责人）对本企业内部控制的建立健全和有效实施负责。

（2）经理（或者总裁、厂长）根据法定职权、企业章程和董事会的授权，负责组织领导本企业内部控制的日常运行。

（3）总会计师（或者财务总监、分管财务会计工作的负责人）在董事长和经理的领导下，主要负责与财务报告的真实可靠、资产的安全完整密切相关的内部控制的建立健全与有效执行。

（4）在董事会下设立审计委员会的企业，应当保证审计委员会成员具备良好的职业操守和专业胜任能力，审计委员会及其成员应当具有相应的独立性。审计委员会应当直接对董事会负责。上市公司的审计委员会主席一般应由独立董事担任，非上市公司的审计委员会主席应由独立于企业管理层的人员担任。

企业应当赋予审计委员会监督企业内部控制建立和实施情况的相应职权。审计委员会在企业内部控制建立和实施中承担的职责一般包括：

1）审核企业内部控制及其实施情况，并向董事会做出报告；

2）指导企业内部审计机构的工作，监督检查企业的内部审计制度及其实施情况；

3）处理有关投诉与举报，督促企业建立畅通的投诉与举报途径；

4）审核企业的财务报告及有关信息披露内容；

5）负责内部审计与外部审计之间的沟通协调。

未设立审计委员会的企业，应当由董事会授权或者企业章程规定的有关机构承担上述职责。

问题四：我国上市公司董事会存在哪些问题？

从我国实际情况来看，公司治理距《SOX法案》要求的治理结构还有不小的差距。这种差距主要表现在：产权结构一元化、一股独大、内部人控制现象严重、董事会形同虚设等，致使公司"一把手"的权力很大且往往缺乏相应的监督和约束，信息透明度不高；公司治理侧重于高管人员的能力和操守，而这正是导致一些公司发生财务丑闻的根源。虽然近年来我国企业已经加快了公司内部治理结构建设的步伐，独立董事制度也在我国全面推广，但是对独立董事在上市公司会计监管中防止会计造假、规范信息披露的作用也要有一个恰当的评价，绝不能期望引入独立董事后，会计信息失真问题就能迎刃而解。

问题五：实践中如何组建有效的董事会？

组建有效的董事会和审计委员会，发挥其在内部控制中的核心作用，关键问题是要保证董事会的独立性，保证董事会在决策、监管过程中的独立地位。因此，以下措施值得借鉴。

1. 完善董事人选的选举和产生制度

从发达国家的经验以及知识经济的内在要求看，最佳的董事人选是与企业没有产权关系的高素质社会人员。为了制定限制大股东操纵董事会、鼓励高素质社会成员进入董事会的规则，《公司法》的修改条款可以作为一种外力，高素质社会成员被提名进入董事会的形式也可以通过下设隶属董事会的"提名委员会"来体现。

2. 弱化大股东对董事会的控制

大股东不控制董事会，并不意味着剥夺了其作为资本所有者应该行使的权力。为了改变大股东控制或操纵董事会、小股东吵闹股东大会的现状，大股东应逐渐淡化对董事会的控制，在股东大会上表达自己的意志，真正形成股东大会、董事会和管理团队的有效制约及制衡。

3. 设立董事会决策与监管的支持机构

实践证明，董事会下没有相应的支持机构，使董事会不具备决策和监管所需要的精力和能力，承担的巨大责任是为数不多的董事会成员所无法完成的。因此，目前有些上市公司依据自身经营特点设立了审计委员会、价格委员会、报酬委员会等，就是完善内部控制机制的有益尝试，特别是在美国证券交易委员会（SEC）对内部控制信息披露做出要求后，建立隶属于董事会之下的风险管理委员会也成为管理层考虑的重点。

4. 杜绝高层管理人员交叉任职

交叉任职主要体现在董事长和总经理为一人，董事会和总经理班子人员重叠。这种交叉任职的后果是董事长与总经理班子之间权责不清、制衡力度锐减。因此，建立内部控制框架首先要在组织机构设置和人员配备方面做到董事长和总经理分设、董事会和总经理班子分设，避免人员重叠。

此外，董事的知识、经验、技能和智能影响其行使职责的能力。因此，在公司章程中要明确规定董事的任职资格。同时，企业要慎重选择董事及各委员会的人选，保证其对企业的有力监督。

2.5 操守和价值观

问题一：何谓操守和价值观及其在内部环境中的作用？

企业的目标及其实现的方式要基于该企业的优先选择、价值判断和管理层的经营风格。这些优先选择和价值判断反映出企业管理层的诚信及其信奉的道德价值观。内部控制由人建立、执行和监督，因而其有效性不可能不受到人的操守和价值观的影响。操守和价值观是一个主体内部环境的关键要素，它影响着企业内部控制其他要素的设计、管理和监控。树立有利于企业长期发展的操守和价值观不仅要依靠诸如道德规范、处罚条例等这样的硬性规定，还要设计绩效考评体系，用柔性的方法去强化。

背景资料　　　全球知名企业核心价值观

百事公司的核心价值观：身体力行、开诚布公、多元化、包容性。

戴尔公司的核心价值观：戴尔通过重视事实与数据，建立对结果自我负责的信念来凝聚所有戴尔人。

杜邦公司的核心价值观：安全、健康和环保、商业道德、尊重他人和人人平等。

飞利浦公司的核心价值观：客户至上、言出必行、人尽其才、团结协作。

福特汽车的核心价值观：客户满意至上，生产大多数人买得起的汽车。

丰田公司的核心价值观：上下一致，至诚服务；开发创造，产业报国；追求质朴，超越时代；鱼情友爱，亲如一家。

惠普的七大核心价值观：我们热忱对待客户；我们信任和尊重个人；我们追求卓越的成就与贡献；我们注重速度和灵活性；我们专注有意义的创新；我们靠团队精神达到共同目标；我们在经营活动中坚持诚实与正直。

IBM的核心价值观：诚心负责、创新为要、成就客户。

通用公司的核心价值观：视"六西格玛"质量为生命，确保客户永远是其第一受益者，并用质量去推动增长；无边界工作方式行事，永远寻找并应用最好的想法而无须在意其来源。

柯达的核心价值观：尊重个人、正直不阿、相互信任、信誉至上、精益求精、力求上进、论绩嘉奖。

可口可乐的核心价值观：自由、奔放、独立掌握自己的命运。

联合利华的核心价值观：以最高企业行为标准对员工、消费者、社会和我们所生活的世界。

摩托罗拉公司的核心价值观：高尚的操守和对人不变的尊重；全面地让顾客满意。

诺基亚的核心价值观：科技以人为本。客户满意，相互尊重，追求成功，不断创新。

强生公司的核心价值观：客户第一，员工第二，社会第三，股东第四。

松下电器的核心价值观：遵奉为"十精神"，即工业报国精神、实事求是精神、改革发展精神、友好合作精神、光明正大精神、团结一致精神、奋发向上精神、礼貌谦让精神、自觉守纪精神和服务奉献精神。

微软公司的核心价值观：正直、诚实；对客户、伙伴核心技术满怀热情；直率地与人相处，尊重他人并且乐于助人；勇于迎接挑战，并且坚持不懈；严于律己，善于思考，坚持自我提高和完善；对客户、股东、合作伙伴或者其他员工而言，在承诺、结果和质量方面值得信赖。

问题二：操守和价值观如何在内部控制中发挥作用？

职业道德是指从事一定职业劳动的人们，在特定的工作和劳动中以其内心信念和特殊社会手段来维系的，以善恶进行评价的心理意识、行为原则和行为规范的总和，它是人们在从事职业的过程中形成的一种内在的、非强制性的约束机制。管理层应该明确地向员工传达职业道德规范并在自身的言谈和行动中不折不扣地表现出来。企业制定并执行全面的道德行为规范，可以防止不正当竞争、内幕交易等情况的发生。同时，对员工进行宣传和教育，可以有效地推广所制定的道德规范，使员工明确哪些行为是可以接受的，哪些是不可以接受的，当遇到不道德行为时自己应采取何种行动。企业采取以下措施推行职业道德规范：

1. 建立高层管理人员的职业道德规范

企业应制定《高层管理人员职业道德规范》，并使其与国家的相关法律法规、公司章程、企业精神与宗旨、企业核心经营管理哲学等保持一致，成为公司对各层管理人员，特别是高层管理人员的主要道德准则。同时，企业还应制定《高层管理人员职业道德建设制度》，将对高层管理人员职业道德规范的宣传作为职业道德建设的重要工作。企业最高负责人是公司职业道德的倡导者，具有表率作用。通过文件、讲话等适当方式把企业《高层管理人员职业道德规范》介绍给全体高级管理人员并提出执行的希望和要求，并不失时机地在企业会议上对高层管理人员进行职业道德宣传，提出职业道德建设的期望。对高层管理人员进行培训时，企业的职业道德规范是必修内容。每年企业都要组织高层管理人员签订《职业道德规范确认书》，保存备案，作为考核的重要内容之一。

2. 建立员工职业道德规范

企业应制定《员工职业道德规范》，并使其与相关法律法规成为适用于全体员工的职业道德规范。同时，企业还应制定《员工职业道德建设制度》，将对员工职业道德规范的宣传作为公司职业道德建设的重要工作。企业最高负责人通过文件、讲话等适当方式把企业《员工职业道德规范》介绍给全体员工并提出执行的希望和要求，并在各种会议中对员工进行职业道德规范教育。新员工的岗前培训，以及对现有员工的在岗培训，职业道德规范都是必修内容。

3. 对员工遵守职业道德规范情况进行监督

企业人事部等相关部门根据企业管理层的授权对员工遵守职业道德规范情况进行监督。若员工出现有违反职业道德规范的行为时，除依照国家法律、上市监管地法规进行处理外，企业可根据相关文件规定对其进行处分直至解除劳动合同。

案 例

统一的价值观：香港中华煤气公司内部控制的不二法宝

香港中华煤气有限公司于1862年成立，是香港唯一一家燃气专业运营商，也是香港最早的上市公司之一。公司的核心业务是生产、输配及销售煤气，销售煤气炉具，及提供全面售后服务。经过10多年的不懈努力，公司已在内地30多个城市成立合资项目，分布于广东、华东、山东、华中、华北、东北及西部地区。

由于港华燃气的悠久历史、丰富的燃气行业管理经验和非凡的实力，其百年老店的文化强势在并购后便充分展现出来。并购之后，港华燃气选择了同化模式，即港华燃气在对并购企业进行一系列整合的同时，更加注重对文化的整合，那就是把优秀的港华文化注入到被并购企业，借以同化被并购企业。

首先，所有港华子公司树立统一的企业使命。具有140多年历史的中华煤气对企业使命的描述是：为客户供应安全可靠的煤气，并提供亲切、专业和高效率的服务，同时致力于保护及改善环境。在港华燃气集团所属的合资公司的各种媒体上，它们对公司使命的描述和解释始终保持高度的统一。为使这种企业使命传达到港华子公司的所有员工，各子公司在成立之初，都编印《员工手册》，并下发到每一位员工手上，进行学习和宣传，港华燃气出版的内部刊物《名气》以及公司的网络平台上，处处都有公司使命的印迹。

其次，所有港华公司树立统一的价值理念体系。港华燃气始终倡导卓越领导、顾客得益、以客为尊、业务增长的共同理念。尤其是继承了中华煤气多年来精心打造的"以客为尊"的文化，即以顾客为中心的服务模式。不论是行政组织架构，还是公司资源配置，与顾客亲密接触的印象都得到了充分的支持和显现。在进入国内市场后，港华燃气集团的各合资公司即推出了服务承诺，在产品的安全和可靠程度、预约服务时间、工作效率和服务态度，以及处理客户意见等方面均订立了具体的目标，并每年公布当年服务承诺的成绩及新一年的服务承诺目标。公司还通过成立客户服务关注小组、人工热线服务、客户意见处理委员会等方式，充分了解和满足客户需求。

问题三：如何检验道德规范的执行情况？

企业应有完整的绩效考核体系，设置合理的绩效目标，特别是短期目标，并使其与员工工资、奖金、升迁合理挂钩。企业内不能存在有失公允的奖励制度，不能影响员工对道德标准的遵守。绩效考核所采取的措施主要包括以下几点：

（1）企业注重建立以绩效为标准的激励机制，针对不同层次的员工，制定相应的考核和评价办法，包括《总裁班子年度绩效考核办法》、《高层管理人员绩效考核办法》、《中层及以下管理人员考核办法》、《员工考核办法》等相关制度。

（2）企业通过与高层管理人员签订业绩合同的方式，将高层管理人员应完成的主要任务作为关键绩效指标，并以此进行考核。绩效指标的选择和目标值的确定应注重短期与长期相结合，具体明确，重点突出，覆盖高层管理人员的主要工作内容。

（3）企业将绩效考核作为员工薪酬、奖惩、升降及任用的依据，使激励机制与约束机制相结合，达到权、责、利相统一。

问题四：如何强化道德规范的作用？

操守和价值观的树立首先强调的是管理层以身作则的示范作用，全面的道德规范需要主体的执行才能发挥其制定的意义。当然，赏罚明晰也是道德规范长期行之有效的保证，在主体道德没达到自觉遵循的高度时，必要的违规处理具有警示作用。

1. 对管理层干预和越权行为的控制

首先要区分两个不同的概念，即管理层干预和管理层越权行为。管理层干预是指为了合法的目的而偏离既定的规章和程序的行为。当出现特殊的和非标准的交易或事件时，管理层的干预是合理的，因为没有一个企业在设计内部控制时能够考虑所有因素。当特殊事件发生时，现有的内部控制不再适用，需要管理层采取干预的手段进行处理。

管理层的越权行为则是指为了非法的目的而不遵守既定的规章和制度。内部控制关注的焦点就在于越权行为。企业要明确禁止管理人员越权行为的发生，同时对管理层干预制定方针，包括干预的情形和进行干预的频率。企业对高层干预及越权行为采取的控制措施包括：

（1）企业明确禁止管理人员违反公司规定，进行越权行为，损害公司利益；

（2）企业对企业重要业务流程进行风险分析，对关键控制进行确认并制定关键控制文档，明确高层进行干预的控制情形、频率，并对干预、越权行为进行记录；

（3）企业制定详细的职责描述、权限指引，帮助各层管理人员及员工根据规定及程序开展工作；

（4）企业鼓励管理人员及员工对获知的越权、违规行为进行举报。

2. 对员工违规行为的处理

针对员工违反政策和职业道德标准的情况，高层管理人员应对此做出回应并及时进行处理，处理原则和结果在公司上下传达。具体措施包括以下几点。

（1）企业应注重对员工违反政策和职业道德的管理，通过审计、信访、举报、民主监督等手段进行；

（2）企业制定《劳动合同管理办法》，详细介绍违规行为及应受到的处罚，同时这些规定也应写入劳动合同，使员工明确哪些行为可行，哪些行为将会受到处罚；

（3）对违规行为的处理主要采取批评教育、组织谈话、纪律处分、结束劳动合同等形式，处理结果在适当范围内通报，对重大违规事件，组织员工进行案例分析，开展警示教育宣传；

（4）企业制定《管理人员违规处理规定》，强化监督约束机制，规范高层管理人员的行为，维护企业合法权益，保障企业健康稳步发展。

2.6 对胜任力的要求

问题一：何谓胜任力？

麦克莱兰研究小组用冰山模型从理论上对胜任力的定义加以说明。胜任力是指对个人和公司绩效至关重要的、可辅导的、可观察的、可衡量的、以行为方式表现出来的组合，是知识、技能和品质的合成体。胜任力的构成如图2-2所示。

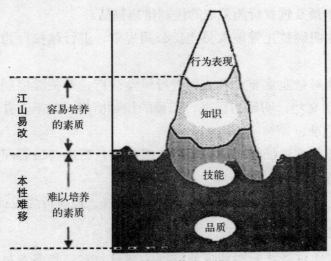

图2-2 胜任力的冰山模型

品质是指个人的特质，如天分、才智或理念，可以通过教授或学习来获取，同时也可以改善。技能指获取良好的岗位业绩所需要的技能，通常是通过不断重复的培训或其他相关的经验积累获得。知识是一个岗位所需要的基本知识，可以是一些专业、技术或商业知识，也包括了那些通过学习和经验积累所得的事实、信息和对事物的看法。这三者的关系是：品质作为较深层次的胜任力的要求，渗透在个体的日常行为中，影响着个体对事物的判断和行动的方式；知识则较直接地在日常行为中被表露出来；技能则介于其中。

　　问题二：内部控制为什么需要对胜任力的要求?

　　如上所述，胜任力反映了实现规定的任务所需要的知识和技能。管理层应明确规定某一特定工作所要完成的任务，所需要员工的能力水平，并且对构成能力水平的知识和技能有明确的要求。正是基于对成本与效益相匹配原则的考虑，企业要对每一份工作、每一个岗位的胜任能力有了明确的要求之后才能相应地选拔人才、调配员工，做到"人尽其才，物尽其用"。这样既可以调动员工的工作热情、激发进取精神、发掘自身潜力，又可以充分利用企业人力资源，创造高效的工作环境、减少人工成本，从而促进企业的发展，创造更大的价值。

背景资料　　　国外学者关于"胜任力"的其他定义

　　1. 通过"时间－动作研究"对胜任力特征进行的分析和研究。（Taylor，1911）

　　2. "关键事件"方法：根据公司管理者的工作分析，认定了7个管理者工作要素，即生产监督、生产领导、员工监督、人际协调、与员工的接触和交往、工作的组织计划与准备以及劳资关系。（Flanagan，1954）

　　3. 与工作、工作绩效或生活中其他重要成果直接相似或相联系的知识、技能、能力、特质或动机。（McClelland, 1973）

　　4. 胜任力是指足以完成主要工作结果的一连串知识、技能与能力。（Mclagan, 1980）

　　5. 一个人所拥有的使得在一个工作岗位上取得出色业绩的潜在的特征（它可能是动机、特质、技能、自我形象或社会角色或他所使用的知识实体等）。（Boyatzis, 1982）

　　6. 胜任力是有能力且愿意运用知识、技巧来执行工作的要求。（Fletcher，1992）

> 7. 与有效的或出色的工作绩效相关的个人潜在的特征，包括五个层面：知识、技能、自我概念、特质和动机。（Lyle. M. spencer, 1993）
>
> 8. 与一个职位的高绩效相联系的知识、技能、能力或特征。（Mirabile，1997）
>
> 9. 对为达到工作目标所使用的可测量的工作习惯和个人技能的书面描述。（Green，1999）
>
> 10. 工作中的人类胜任力并不是指所有的知识和技能，而是指那些在工作时人们所使用的知识和技能。（Sandberg，2000）

问题三：企业如何实现对胜任力的识别和测评？

企业对"胜任力"的要求可以通过建立胜任力模型的方式来实现。"胜任力模型"是一系列符合"胜任力"定义要求的个人特制的结构化组合，它对胜任力的内容和评判胜任力水平高低的等级都有明确的描述和界定。换言之，胜任力模型是一整套针对特定组织、特定岗位的个人特质评价标准，它能为人力资源管理的各个领域提供基础和核心。

目前国内建立胜任力模型的方法主要有三种：归纳法、演绎法、限定选项法。

1. 归纳法

这是一种通过对特定的员工群体的个人特质的发掘和归纳，从而形成胜任力模型的方法。归纳法中所运用的最主要的咨询工具当属"行为事件访谈"（behavioral event interview）。BEI的基本假设是每个岗位上所有员工的工作方式不同带来的绩效也不同，通过研究员工间的差异可以发现高效者身上的特质。

在这些基本假设下，BEI凭借高度结构化的访谈模式和熟练掌握相关访谈技术的咨询顾问来详细了解被访者工作中的关键事件及其成功要素，收集其过去的行为和真实想法，从中发掘有价值的个人特质。通常BEI的对象同时包括业绩优秀的员工和业绩一般的员工，并通过对访谈结果的比较分析，发现那些具备业绩区分力的个人特质，作为建立胜任力模型的素材。BEI一般采取一对一的个别访谈形式，但也可以是以小组形式进行的集体访谈（集体BEI）。通过BEI获取大量的"原始素材"后，咨询顾问对这些信息进行细致的筛选、编码、分级等加工过程，并最终形成胜任力模型。

2. 演绎法

这是一种通过从企业使命、愿景、战略以及价值观中推导特定员工群体所需的核心胜任力的方法。胜任力模型作为对任职者的一套个人特质的要求，其终极目的是为了有益于愿景、战略等组织根本性目标的实现，并体现组织的核心价值观，这是演绎法的基本假设。演绎法的实质是一个逻辑推导过程，其基本步骤如下：

（1）澄清组织愿景、使命、战略和核心价值观。

（2）推导关键岗位角色和职责。

（3）推导核心胜任力。

通常我们通过分组结构化集体访谈的方式来完成这个推导过程。分组访谈的对象既包括胜任力模型的直接针对人群，也包括其他了解情况的相关人员，这样做有利于保证推导逻辑和立场的完整性。结构化集体访谈的结果仍将经过筛选、分类、分级等专业处理的过程，以最终形成组织核心胜任力模型。

3. 限定选项法

这是胜任力模型建立的一种简便方法。通常由专业顾问根据对组织的初步了解，提出一组相当数量的胜任力项目，然后通过相关人员集体讨论的方式进行几轮的筛选和调整，最终确定一套胜任力项目作为胜任力模型。

上述三种方法在理论和实践上各有利弊，如表2-1所示。

表2-1　构建胜任力模型三种方法的比较

	归纳法	演绎法	限定选项法
理论依据	充分	有（缺乏行为细节支持）	无（属于主观判断）
实际效用	高	较高	一般
模型建立周期	长	中等	短
模型建立成本	高	中等	低

归纳法具备充分的理论依据，对个人特质的研究切实而具体。研究发现，用纯粹的归纳法手段制定出来的胜任力模型，其应用效果最佳，即对员工的业绩区分的预测胜任力最强。但其不足之处在于BEI手段技术要求很高，其数据分析过程也相当复杂，由此导致较高的模型建立成本和较长的工作周期。此外，归纳法所建立的胜任力模型往往较难反映组织对未来的胜任力要求，因而比较适合组织发展处于较高水平阶段的情境。

演绎法强调胜任力与组织根本目标的关联，其推导逻辑明确而完整，且特别有利于发掘组织对未来的胜任力需求；但由于其缺乏翔实的行为细节作为依据，就不免要在相当程度上依赖于个人经验和认知水平等主观因素。

限定选项法几乎没有什么理论依据，咨询顾问所提供的胜任力选项依据也只是根据对组织及岗位情况的初步判断。因而这种方法的可靠程度和建成的胜任力模型的实际效用都是令人置疑的。但其低廉的成本投入和极短的工作周期对于某些有特定应用意图的组织而言，无疑也是一种可供考虑的选择。

背景资料　　　　　胜任力识别和测评方法的起源

麦克莱兰研究小组创造了"行为事件访谈法"（behavioral event interview, BEI），并首次使用在为美国政府甄选驻外联络官（Foreign Service Information Officers, FSIO）的项目上。

20世纪70年代初，麦克莱兰教授创立的管理咨询公司接到美国政府要求帮助挑选FSIO的任务。FSIO的使命是借助图书馆管理、外交文化活动，以及与当地人民的演讲对话等手段，来宣扬美国的对外政策，使得更多的人理解和喜欢美国。要成为FSIO，必须通过一种十分苛刻的被称为"驻外服务官员测试"的考试，关键评价内容是：a. 智商；b. 学历、文凭和成绩；c. 一般人文常识与相关的文化背景知识，包括美国历史、西方文化、英文以及政治、经济等专业知识。

麦克莱兰研究小组认为首先应该解决的问题是：如果传统的选择标准不能有效地甄选胜任者，那么什么样的标准是合理和正确的？为了找到答案，他们采用了对比分析的方法。具体步骤是：先找出表现最为优异的FSIO和一般称职的人员，分为杰出者与适用者两组，借助行为事件访谈法分别与他们进行特殊沟通，总结出杰出者和适用者在行为和思维方式上的差异。

实践证明，这种方法非常有效。一般而言，杰出者所表现出来的特质在适用者身上是找不到的，这恰恰是研究小组所需要的称之为可"编码"的信息。将这类特质按照特定的原则分类并划分层级，最终研究小组就得到了体现杰出与平庸之间差异的特质体系，这就是我们今天所称的胜任力模型的雏形。

2.7 组织结构

问题一：组织结构有哪些功能？

任何企业要达成其整体目标，必须以一定的组织机构为基础。企业的组织机构提供了计划、执行、控制和监督活动的框架，确定了关键界区的权利和责任，确立了适当的沟通与协调渠道，以及保证了各级主管负责人具有与其所履行的职责相适应的知识、经验和能力。

问题二：企业组织结构设计应遵循哪些原则？

对于一个企业而言，究竟哪一种类型是最好的组织结构，要根据自己公司的具体发展战略而确定。但是，不论采用哪一种类型的组织结构，都要尽可能遵守以下原则从而优化企业组织结构。

1. 精简高效原则

精简高效是组织结构设计的一个重要的原则，也是公司组织得以存在与发展的根本原因，这一原则可以表述为：在满足公司目标所决定的业务活动需要及统一指挥的前提下，力求减少公司的管理层次，精简公司的管理机构和人员，充分利用各部门的分工协调，充分发挥和提高管理层人员素质，充分调动各层员工积极性，以最少的机构、最少的人完成公司管理的工作量，提高管理效率，更好地完成公司的经营目标。

2. 权、责、利一致原则

权、责、利一致原则是指每一职位承担的职责、拥有的权利和享有的利益必须相等。权利是责任的基础，有了权利才有可能负起责任；责任又是权利的约束，权利所有者在运用权利时必须要考虑可能产生的后果，不至于滥用权利；利益的大小决定了管理者是否愿意接受责任和接受权利的程度。

3. 经营目标原则

经营目标原则就是公司组织结构的建立和工作的开展都要围绕其经营目标进行，各个层级、部门的目标应与既定的公司目标有联系，同时又都有自己的分目标来支持公司总体目标的实现。

4. 管理幅度适当原则

管理幅度适当原则就是对各级主管人员有效的监督，其直接领导的下属人数要确定一个适当的限度。如果管理幅度过小，会导致机构臃肿，造成人力资源的浪费；管理幅度过大，会造成管理人员的工作过多，容易导致工作的失控。管理幅度与管理层次呈反比关系，管理幅度大，管理层次就减少；相反，管理幅度小，管理层次就增加。

5. 稳定与调整相结合原则

稳定与调整相结合原则就是组织结构及形式既要有相对的稳定性，不要经常变动，又要随公司内外部条件的变化而适当做出调整。一般而言，因为"磨合期"的存在，企业的组织结构不宜经常变化，应该维持一种相对平衡的状态。但是，当外部条件和公司本身发展因素不断变化时，为了防止现有的组织结构呈现僵化状态，内部运作效率低下，只有做出调整和变革，才能给公司注入新的活力和效率。

问题三：如何构建符合风险管理理念的组织结构体系？

采取集权制或分权制建立企业的组织结构，取决于企业的规模和经营性质，以及是否有助于信息的上传、下达和各业务活动间的传递。企业应按照《公司法》的要求，参照国际同类企业的通行做法，结合本企业实际情况，建立规范的法人治理结构。企业组织结构的设置遵循信息通畅、反应灵敏、适应企业的发展和市场变化的原则；企业应注重管理层及员工之间的沟通，建立相应的沟通和交流渠道并确保员工获得与其责任和权限相关的信息。

企业应建立健全风险管理组织体系，主要包括规范的公司法人治理结构，风险管理职能部门、内部审计部门和法律事务部门以及其他有关职能部门、业务单位的组织领导机构及其职责。

1. 建立公司法人治理结构

公司治理结构是在经营权和所有权分离的基础上，有效处理企业各利益相关方之间关系的制度安排。建立有效的公司治理结构的宗旨是：在股东大会、董事会、监事会和经理层之间合理配置权限、公平分配利益，以及明确各自职责，建立有效的激励、监督和制衡机制，从而实现公司的多元化目标。而内部控制是企业董事会及经理阶层为确保企业财产完全完整、提高会计信息质量、实现经营管理目标、完成受托责任而建立和实施的一个程序。

公司治理结构是促使内部控制有效运行，保证内部控制功能发挥的前提和基础，是实行内部控制的制度环境；而内部控制在公司治理结构中担当的是内部管理监控系统的角色，是有利于企业受托者实现企业经营管理目标，完成受托责任的一种手段。所以，企业要加强公司治理结构的控制，这样才有利于充分发挥各部门和个人的作用，调动单位的活力，才能实现内部控制所具有的全方位控制功能。

2. 行使董事会在内部控制和风险管理中的职责

董事会是风险管理工作的最高执行机构，向股东大会负责，主要履行以下职责：①审议并向股东（大）会提交企业全面风险管理年度工作报告；②确定企业风险管理总体目标、风险偏好、风险承受度，批准风险管理策略和重大风险管理解决方案；③了解和掌握企业面临的各项重大风险及其风险管理现状，做出有效控制风险的决策；④批准重大决策、重大风险、重大事件和重要业务流程的判断标准或判断机制；⑤批准重大决策的风险评估报告；⑥批准内部审计部门提交的风险管理监督评价审计报告；⑦批准风险管理组织机构设置及其职责方案；⑧批准风险管理措施，纠正和处理任何组织或个人超越风险管理制度做出的风险性决定的行为；⑨督导企业风险管理文化的培育；⑩全面风险管理中的其他重大事项。

3. 建立风险管理委员会

具备条件的企业，可在董事会下设置风险管理委员会。该委员会成员中需有熟悉企业重要管理及业务流程的董事，以及具备风险管理监管知识或经验、具有一定法律知识的董事。主要履行的职责包括：①提交全面风险管理年度报告；②审议风险管理策略和重大风险管理解决方案；③审议重大决策、重大风险、重大事件和重要业务流程的判断标准或判断机制，以及重大决策的风险评估报告；④审议内部审计部门提交的风险管理监督评价审计综合报告；⑤审议风险管理组织机构设置及其职责方案；⑥办理董事会授权的有关全面风险管理的其他事项。

4. 行使总经理在内部控制和风险管理中的作用

企业总经理对全面风险管理工作的有效性向董事会负责。总经理或总经理委托的高级管理人员，负责主持全面风险管理的日常工作，负责组织拟订企业风险管理组织机构设置及其职责方案。企业应设立专职部门或确定相关职能部门履行全面风险管理的职责。该部门对总经理或其委托的高级管理人员负责，主要履行以下职责：①研究提出全面风险管理工作报告；研究提出跨职能部门的重大决策、重大风险、重大事件和重要业务流程的判断标准或判断机制；②研究提出跨职能部门的重大决策风险评估报告；③研究提出风险管理策略和跨职能部门的重大风险管理解决方案，并负责该方案的组织实施和对该风险的日常监控；④负责对全面风险管理的有效性评估，研究提出全面风险管理的改进方案；⑤负责组织建立风险管理信息系统；⑥负责组织协调全面风险管理日常工作；⑦负责指导、监督有关职能部门、各业务单位以及全资、控股子企业开展全面风险管理工作；⑧办理风险管理其他有关工作。

5. 加强审计委员会在内部控制和风险管理中的地位

企业应在董事会下设立审计委员会，企业内部审计部门对审计委员会负责。内部审计部门在风险管理方面，主要负责研究提出全面风险管理监督评价体系，制定监督评价相关制度，开展监督与评价，出具监督评价审计报告。

6. 完善其他相关职能部门在内部控制和风险管理中的作用

企业其他职能部门及各业务单位在全面风险管理工作中，应接受风险管理职能部门和内部审计部门的组织、协调、指导和监督，这些部门主要履行以下职责：①执行风险管理基本流程；②研究并提出本职能部门或业务单位重大决策、重大风险、重大事件和重要业务流程的判断标准或判断机制；③研究并提出本职能部门或业务单位的重大决策风险评估报告；④做好本职能部门或业务单位建立风险管理信息系统的工作；⑤做好培育风险管理文化的有关工作；⑥建立健全本职能部门或业务单位的风险管理内部控制子系统；⑦办理风险管理的其他有关工作。

7. 设置风险管理员

在《企业风险管理——整合框架》中，COSO委员会建议企业设立风险管理员职位。风险管理员是指组织内的首席风险管理或首席风险管理经理，他与首席财务官和内审人员一起，对企业的风险管理负有重要的支持责任。风险管理员在其职责范围内建立并维护有效的风险管理框架，监督风险管理的实施，在企业内部向上、向下和横向传递风险信息。在实践中，企业在决定是否设立风险管理员时，需要综合考虑规模、业务模式、组织结构以及成本效率等多种因素。

案 例

不容忽视的集团公司财务机构设置

熊猫电子集团有限公司成立于1936年，被称为中国电子工业的摇篮，是中国最大的综合性电子骨干企业，中国120家试点企业集团、520家重点企业、电子行业六大集团之一。注册商标"熊猫PANDA"是中国电子行业第一个"中国驰名商标"，也是中国电子产品第一个进入国际市场的注册商标，至今已有近50年历史。1992年4月，原熊猫电子集团公司改组重组后成立了南京熊猫电子股份有限公司。

熊猫集团在大集团、各产业集团和下属经营公司每个层次上都分别设置了财务机构，在管理制度上采用了一般企业中少见的会计委派制，形成了贯穿在整个企业经营实体内的立体财务管理结构。熊猫集团的会计委派制是这样运作的：下一级单位的财务人员由上一级单位的资财处直接任命、考核、奖惩、调动，上一级单位的资财处对于委派的财务人员进行定期考核，并将考核结果作为受派人员工资、奖金、职务升降、解聘、续聘的依据，委派财务人员的薪水由上一级单位资财处发放。而各单位的主管会计的日常工作，同时受单位经营领导的安排，形成了对财务人员的双重领导格局。

此外，熊猫集团还在财务部门的管理职能上有所创新，强化了它的财务管理和辅助决策的职能，这在许多国有大型企业中还是比较罕见的。最基层的各经营公司进行财务数据的详细分析，产业集团的资财处对下属经营公司财务数据和财务分析情况进行汇总和再分析并上报给大集团，大集团的资财部进行最后的财务信息汇总，并分析整个集团的财务情况。

2.8 职责和权限分派

问题一：职责和权限分派有哪些作用？

企业组织设立的一项重要任务就是权责分派。权责分派强调对于组织内的全部活动要合理有效地分配职责和权限，并为执行任务和承担职责的组织成员特别是关键岗位的人员，提供和配备所需的资源并确保他们的经验和知识与职责权限相匹配，要使所有员工知道他们的工作行为以及职责担负形式和认可方式，与达成组织目标的联系。此项规定关系到个人和团队在遭遇和解决问题时的主动性，也关系到员工所享有权利的上限，企业的某些政策和关键员工需要具备的知识及经验，以及企业应给予员工的资源等。伴随着组织结构"扁平化"的发展趋势，增加授权无疑对员工胜任能力和受托责任赋予更高水平的要求。各个层面权利和责任的分配对企业风险管理的有效性有着重要影响。

问题二：合理的职责和权限分配体系应包括哪些内容？

根据企业的战略目标、经营职能和监管要求，设计适当的权责分配体系可以确保员工所承担的责任、所获得的信息与其职权相适应。

（1）企业制定《权责指引》，明确各部门、各岗位应承担的权利和责任，并随着企业的发展及时进行维护更新。

（2）企业根据运营目标、职能和监管要求，明确各部门的职责。

（3）企业在明确各部门职责的基础上，组织实施员工岗位职责的描述，将各部门职责分解到具体岗位。

（4）通过对岗位职责描述的规范和完善，明确各岗位在处理有关业务时所具有的权利。

（5）企业规定授权人有权对受托人履行授权的行为进行监督、检查，发现受托人有不当行为时，应及时给予批评纠正，情况严重时应撤销对其的授权。

（6）企业规范信息系统的授权，以确保相关人员获得信息系统的授权。

问题三：如何设定与组织结构相匹配的职责？

一个企业有很多业务，亦有很多部门，各个部门的职责应予以详细且明确地划分，使每一事项的发生都有部门负责办理，而且要做到不重复亦无遗漏。如果一项业务需要有两个以上部门共同完成时，对各部门应负责任的范围，也应该有明确的规定。如图2-3所示企业为例，该企业下设众多部门职责参考如下。

1. 股东大会的职责

（1）决定公司的经营方针和投资计划；

（2）选举和更换非由职工代表担任的董事、监事，决定有关董事、监事的报酬事项；

（3）审议批准董事会的报告；

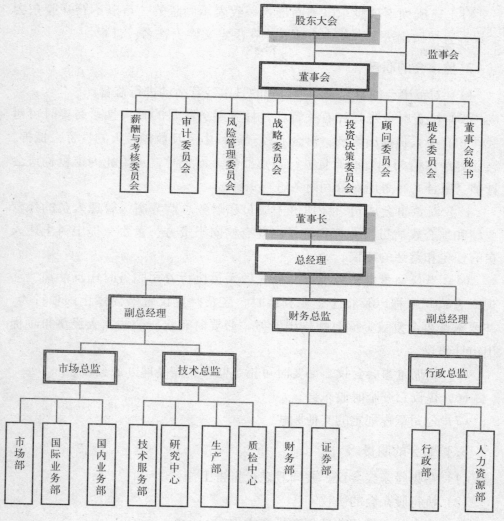

图2-3 一般企业组织结构图

（4）审议批准监事会或者监事的报告；

（5）审议批准公司的年度财务预算方案、决算方案；

（6）审议批准公司的利润分配方案和弥补亏损方案；

（7）对公司增加或者减少注册资本做出决议；

（8）对发行公司债券做出决议；

（9）对公司合并、分立、变更公司形式、解散和清算等事项做出决议；

（10）修改公司章程；

（11）公司章程规定的其他职权。

对上述所列事项股东以书面形式一致表示同意的，可以不召开股东会会议，直接做出决定，并由全体股东在决定文件上签名、盖章。

2. 监事会的职责

（1）对董事会的重大决策和公司的日常经营活动进行监督。

（2）检查财务账目和有关资料，核查财务账目的真实性，必要时可对经理和有关人员提出质询。对企业经营运行中涉及数额较大的投资、抵押、转让等经济行为和资产质量进行重点监控。需要时，可委托内审机构或会计师（审计）事务所对公司财务进行审计。

（3）对董事会成员、经理班子成员和财务总监等高级管理人员的经营业绩和综合素质进行监督和记录，并有权向出资方、董事会提出对上述人员的任免和奖惩的建议。

（4）当公司董事和经理等高级管理人员执行公司职务时违反法律、法规或者公司章程以及损害企业利益时，应及时建议董事会停止该项行为，并要求董事会复议，同时报告出资方，必要时有权对公司重大经济事项提出审计建议。

（5）列席董事会会议，必要时可指定监事列席经理办公会议。

（6）提议召开临时股东会。

（7）公司章程规定的其他职权。

3. 董事会的职责

（1）召集股东会会议，并向股东会报告工作；

（2）执行股东会的决议；

（3）决定公司的经营计划和投资方案；

（4）制定公司的年度财务预算方案、决算方案；

（5）制定公司的利润分配方案和弥补亏损方案；

（6）制定公司增加或者减少注册资本以及发行公司债券的方案；

（7）制定公司合并、分立、变更公司形式、解散的方案；

（8）决定公司内部管理机构的设置；

（9）决定聘任或者解聘公司经理及其报酬事项，并根据经理的提名决定聘任或者解聘公司副经理、财务负责人及其报酬事项；

（10）制定公司的基本管理制度；

（11）公司章程规定的其他职权。

4. 薪酬与考核委员会的职责

（1）研究董事、经理及其他高级管理人员的考核标准，进行考核并提出建议；

（2）根据董事、经理及其他高级管理人员的岗位的主要范围、职责和重要性并参考其他相关企业、相关岗位的薪酬水平，制定薪酬计划或方案，薪酬计划或方案包括但不限于：绩效评价标准、程序及主要评价体系，奖励和惩罚的主要方案和制度等；

（3）审查公司董事（非独立）、经理及其他高级管理人员履行职责的情况并对其进行定期年度绩效考核，并提交考核评价意见和独立董事互评结果；

（4）对公司薪酬制度执行情况进行监督；

（5）董事会授权的其他事宜；

（6）委员会在行使以上职能前，可以聘请专业咨询机构予以协助。

5. 审计委员会的职责

审计委员会肩负三大职责：监督财务报告、保证审计质量、评价内部控制。

（1）监督财务报告。

1）复核年度已审会计报表；

2）复核中期未审财务报表；

3）复核其他财务报告；

4）复核公布前的盈利数；

5）评价财务报表是否遵循恰当的会计原则，采用适当的会计政策，并随同年度报告向外界披露他们对财务报表公允性的看法。

（2）保证审计质量。

1）主持有关外部审计的事务。选择独立审计师，讨论外部审计的范围、程序和计划，评价独立审计师的能力，观察审计结果。审计委员会应复核管理当局评估审计人员独立性时考虑的因素，与管理当局共同协助审计人员保持其超然独立性。

2）领导内部审计。审计委员会与管理当局应共同确保内部审计人员适当参与财务报告流程，并妥善协调内部审计人员与外部审计人员的关系。涉及的工作有：检查内部审计计划范围，评价内审人员职能，决定内部审计财务预算。

（3）评价内部控制。通过内部审计职能，监察企业的财务风险及经营风险。涉及的工作有：

1）评价公司内部控制制度的充分性与有效性；

2）评价员工欺诈的可能性；

3）评价管理当局欺诈的可能性；

4）评价公司的行为守则。

6. 风险管理委员会的职责

（1）提交全面风险管理年度报告；

（2）审议风险管理策略和重大风险管理解决方案；

（3）审议重大决策、重大风险、重大事件和重要业务流程的判断标准或判断机制，以及重大决策的风险评估报告；

（4）审议内部审计部门提交的风险管理监督评价审计综合报告；

（5）审议风险管理组织机构设置及其职责方案；

（6）办理董事会授权的有关全面风险管理的其他事项。

7. 战略委员会的职责

（1）组织开展公司战略问题的研究，就发展战略、产品战略、技术与创新战略、投资战略等问题为董事会决策提供参考意见；

（2）组织研究国家宏观经济政策、结构调整对公司的影响，研究国内外同行业公司的发展动向，并可以就某课题委托专门机构进行研究；

（3）结合公司发展需要，向董事会提出有关体制改革、发展战略、方针政策方面的意见和建议；

（4）调查和分析有关重大战略与措施的执行情况，向董事会提出改进和调整建议；

（5）对公司职能部门拟定的有关长远规划、重大投资项目方案或战略性建议等在董事会审议前先行研究论证，为董事会正式审议提供参考意见；

（6）审查公司对董事会投资决议的执行情况，根据情况向董事会提请调整投资的建议；

（7）每年年度董事会上汇报委员会上一年度工作情况和本年度工作计划；

（8）完成董事会交办的其他工作。

8. 投资决策委员会的职责

（1）投资决策委员会是公司负责投资决策的最高机构。投资决策委员会负责决定资产配置和投资策略。

（2）投资决策委员会还负责制定投资的风险政策和控制投资风险的措施方案，并对其执行情况进行检查监督。

（3）审议公司投资超过公司目前主要经营方向、经营范围的项目以及董事会和经营管理班子认为需要投资决策委员会做出评价和决策的投资项目。

（4）投资决策委员会则将对这些项目进行可行性论证，并对可行性报告以及项目有关人员进行质询。在此基础上，投资决策委员会对项目进行表决，一般项目需超过参加表决人数半数同意并获得通过。

9. 顾问委员会的职责

顾问委员会是一个临时咨询机构，没有决定权，仅有建议权、咨询权。主要任务是通过向董事会和经营层提出合理改善管理的建议，维护股东合法权益。

10. 提名委员会的职责

（1）根据公司经营活动情况、资产规模和股权结构对董事会的规模和构成向董事会提出建议；

（2）研究董事、经理人员的选择标准和程序，并向董事会提出建议；

（3）广泛搜寻合格的董事和经理人员的人选；

（4）对董事候选人和经理人选进行审查并提出建议；

（5）对副总经理、董事会秘书、财务负责人等需要董事会决议的其他高级管理人员进行审查并提出建议；

（6）检讨及监察董事会构架、人员和组成（包括董事的技能、知识及经验）；

（7）就董事委任或继任以及董事继任计划的有关事宜向董事会提出建议；

（8）董事会授权的其他事宜。

11. 董事会秘书的职责

（1）负责公司和相关当事人与证交所及其他证券监管机构之间的及时沟通和联络，保证证交所可以随时与其取得工作联系；

（2）负责处理公司信息披露事务，督促公司制定并执行信息披露管理制度和重大信息的内部报告制度；

（3）协调公司与投资者关系，接待投资者来访，回答投资者咨询，向投资者提供已披露的资料；

（4）按照法定程序筹备董事会会议和股东大会；

（5）负责与公司信息披露有关的保密工作；

（6）协助董事、监事和高级管理人员了解信息披露相关法律、法规、规章、规则、证交所其他规定和公司章程，以及上市协议对其设定的责任；

（7）集中体现董事会依法行使职权。

12. 董事长的职责

（1）召集主持股东会、董事会会议；

（2）签署或授权签署公司合同及其他重要文件，签署由董事会聘任的人员的聘任书；

（3）在董事会闭会期间检查董事会决议的执行情况，听取总经理关于董事会决议执行情况的汇报；

（4）在发生战争，特大自然灾害等重大事件时，可对一切事务行使特别裁决权和处置权，但这种裁决和处置必须符合国家和公司利益；

（5）决定和指导处理公司对外事务和公司计划财务工作中的重大事项，以及公司重大业务活动；

（6）法律、法规规定应由法定代表人行使的职权。

13. 市场部的职责

（1）实现企业销售目标；

（2）制定和实施销售计划；

（3）销售管理，销售政策的制定与施行，销售人员管理；

（4）市场调研与市场预测；

（5）策划；

（6）销售工作的监察与评估。

14. 技术服务部的职责

（1）拟订企业年度技术支持、技术服务工作开展计划，并组织协调计划的分解和落实；

（2）负责企业技术支持系统的建立和完善；

（3）搜集国家、地区及行业的相关技术标准、规定，并负责在企业内宣传和推广；

（4）负责企业范围内技术问题的汇总分析，拟订解决方案，并组织、协调各部门去解决；

（5）面向企业其他部门进行技术咨询，提供技术支持和服务，并接受一定范围内的技术投诉；

（6）负责对企业技术服务体系人员的指导、考核和监督；

（7）对企业内其他员工进行技术培训及指导；

（8）负责解答客户的相关技术问题。

15. 财务部的职责

（1）严格遵守国家财务工作规定和公司规章制度，认真履行其工作职责。

（2）组织编制公司年、季度成本、利润、资金、费用等有关的财务指标计划；定期检查、监督、考核计划的执行情况，结合经营实际，及时调整和控制计划的实施。

（3）负责制定公司财务、会计核算管理制度。

（4）负责按规定进行成本核算，定期编制年、季、月度种类财务会计报表，搞好年度会计决算工作。

（5）负责编写财务分析及经济活动分析报告。

（6）负责固定资产及专项基金的管理。

（7）负责流动资金的管理。

（8）负责对公司低值易耗品盘点核对。

（9）负责公司产品成本的核算工作，制定规范的成本核算方法，正确分摊成本费用。

（10）负责公司资金缴、拨，按时上交税款。

（11）负责公司财务审计和会计稽核工作。

（12）负责把关进销物资货款。

16. 人力资源部的职责

（1）编写并组织实施企业的人力资源规划，制定企业的人力资源管理制度；

（2）有效开发与合理配置企业的人力资源；

（3）负责公司企业文化建设的规划，并组织贯彻实施；

（4）参与对企业管理人员的考核与管理；

（5）审核、办理机关员工出差任务单；

（6）拟订并审核企业的人员招聘计划，并负责组织员工的招聘和培训工作；

（7）审核企业的定员编制、工资总额、经营管理者的薪酬分配；

（8）负责拟订企业的岗位设置、人员编制及工资分配方案；

（9）负责员工培训费用的计划与监控；

（10）检查人力资源规划和有关制度的贯彻落实情况；

（11）办理企业员工人事关系的转移、职称评定及因公出国人员的审批手续；

（12）负责企业员工的工资发放、社会保险的缴费、劳动合同的签续订和人事档案的管理工作。

2.9 人力资源政策

问题一：人力资源政策对内部控制有何影响？

一个企业的人力资源政策会直接影响到企业里每一个人的业绩与表现，良好的人力资源政策，对激励员工的工作，提高员工的素质，更好地贯彻内部控制的实施有很大的帮助。COSO报告认为，员工既是控制的主体又是控制的客体。控制与被控制是一对矛盾，要使被控制者服从控制者的意志，达到控制的目的，仅靠硬性的制度和命令是不够的，甚至容易使被控制者产生抵触情绪，从而不利于这些制度和命令的执行。而科学的人力资源管理则可以避免这种抵触情绪的产生，并能最大限度地激发员工的积极性和创造性。

企业的人力资源政策应当科学、规范、公平、公开、公正，有利于调动员工在内部控制和经营管理活动中的积极性、主动性和创造性，并且至少应当包括以下内容：

（1）员工的聘退与培训；

（2）员工的薪酬、考核、晋升与奖惩；

（3）财会等关键岗位员工的轮岗制衡要求；

（4）对掌握重要商业秘密或核心技术等关键岗位员工离岗的限制性规定。

问题二：怎样制定人力资源政策？

一个系统的人力资源管理体系应该是以人力资源规划为指引，以职位分析为基础，以关键岗位为重点，贯串选（招聘）、育（开发）、用（考评和薪酬）、留（职业发展）和员工关系的具备内在统一和匹配性的体系，并以IT（HRMS）的方式予以固化。企业应当将职业道德素养和专业胜任能力作为选拔和聘用员工的重要标准，并适当关注应聘者的价值取向和行为特征是否与本企业的企业文化和内部控制的有关要求相适应；企业应当重视并加强员工培训，制定科学、合理的培训计划，提高培训的针对性和实效性，不断提升员工的道德素养和业务素质；企业应当建立和完善针对各层级员工的激励约束机制，通过制定合理的目标、建立明确的标准、执行严格的考核和落实配套的奖惩，促进员工责、权、利的有机统一和企业内部控制的有效执行。

从多年的人力资源管理实践中发现人力资源政策的制定有规律可以遵循，即从分层、分类、分等、分阶段和人性化这五个维度来考虑政策制定的五维模型。

（1）分层是指在制定政策中要考虑到不同层级的人员差别，如高层、中层和基层人员的政策制定是不同的。

（2）分类是指在制定政策中要考虑到不同类别的人员差别，如技术、市场、生产等类别人员的政策制定是不同的。

（3）分等是指在制定政策中要考虑到既要鼓励员工从低向高发展，更要鼓励大多数员工在本岗位深化，政策中要能体现鼓励脚踏实地，岗位内深化的含义，同时使得我们的管理更加精细化。

（4）分阶段指的是不同时期的人力资源管理重点是不同的，人力资源政策要能够因时而变，因势而变，与时俱进，建立与不同时期的不同战略相匹配的人力资源政策。

（5）人性化指的是在政策中要能体现出人性化，因为人力资源这种资源最能和其他资源相区别的就是人性化，但需注意，可以在政策中体现人性化，但不能用人情解释政策。

案 例

沃尔玛的人力资源政策

"诚实"在沃尔玛的文化中是一个非常特别的词汇。每个沃尔玛同事都知道，沃尔玛不怕员工犯错误，而且会有专门的人帮助你去改正错误，但是有一个错误是不可以被原谅的，就是不诚实。因为诚实，沃尔玛才能成为最遵纪守法的企业，经营业务才能顺利发展，连续四年荣登《财富》杂志世界500强企业榜首，并连续两年上榜该杂志"最受尊敬企业"的排行。同样，个人只有诚实，才能保证遵守公司相关政策，对消费者健康安全负责，也才能在沃尔玛有光明的前途。保障食品安全和消费者的身体健康，员工健康是根本。每一位新同事在入职之前，沃尔玛都会组织其到市级医院进行体检，确认无任何传染性疾病之后方可聘用。并且沃尔玛每年组织同事体检一次，发现有患传染病者立即请其暂停工作进行治疗，治愈后方可返岗。

用专业的心，做专业的事。沃尔玛不但要求食品部门工作人员必须具有一定的工作经验，还为其提供专业的培训。在沃尔玛有一个比较新的概念，叫鲜食学院，也是沃尔玛（中国）自己发展起来的学院。鲜食学院的成员都是经验丰富的鲜食专家，他们定期到全国各地出差，给商场鲜食区域的管理层和员工提供鲜食培训和支持。此外，沃尔玛还对员工有一些公开课，主要就是帮助他们了解跟他们工作有关的其他的技能和知识，更好地为顾客服务。

沃尔玛致力于招聘诚实、专业的同事并为其提供全面的培训，同时对其诚实的品质和专业技能进行定期考核。深圳总部每年都会组织鲜食技工进行两次专业考核，包括技能和理论两个部分。

问题三：什么是人力资源危机？

近几年，国内企业与跨国公司接二连三地陷入各类危机之中，根据2005年零点调查的数据显示，当前企业最常面临的前三种危机依次是人力资源危机、行业危机、产品/服务危机，分别有高达53.8%、50.0%和38.7%的被调查企业曾经经历过或正在面临着这三种危机的困扰。其中，人力资源危机不仅是中国企业最常面临的危机，也是给企业造成严重影响的危机之一，有33.7%的被调查企业表示人力资源危机对其企业产生了严重影响。零点调查结果如图2-4所示。

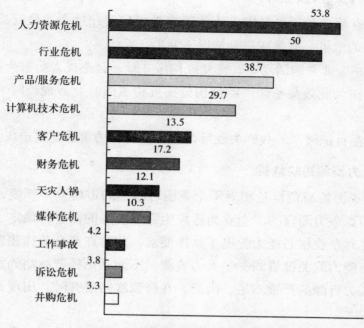

图2-4 企业经常面临的危机类型

注：此图是零点调查的相关数据。其中人力资源危机包括员工离职率高、重要中高层管理人才意外离职或被解雇以及重要中高层管理人才突然逝世；其他危机包括财务、媒体、并购、诉讼、工作事故等。调查采用的是多选题，应答比例之和大于100%。

人力资源危机一般属于管理失控状态下的危机，主要有三种类型：企业文化危机；人力资源过剩危机；人力资源短缺危机。

1. 企业文化危机

企业文化危机是目前企业最常见的一种人力资源危机。表现为员工缺乏对企业社会存在价值与理由的认知或认同。企业文化危机的本质在于缺乏正确的企业核心价值观或缺乏核心价值观的有效沟通与传播途径，员工处在无主流意识支配状态，一盘散沙。企业文化危机产生的根源在于企业家或企业最高领导者缺乏崇高的精神境界或文化建设能力，在企业内部无法营造出企业可持续发展的生生不息的内驱力和精神支柱。

企业文化危机的出现是一个渐进的过程，具有年度周期性爆发的特性。企业文化危机最终可能引发严重的突发事件，如高层行为腐败或丑闻曝光；

核心人才集体跳槽；员工集体大罢工或请愿；企业机密和技术专利泄露。

2. 人力资源过剩危机

人力资源过剩危机是因人力资源存量或配置超过企业经营战略发展需要而产生的危机。通常在三种情况下发生：

（1）在企业并购活动中，重复机构撤并时，会造成人员富余；

（2）在企业效益不佳，需撤销分支机构或缩减业务规模时，会产生人员富余；

（3）在目标过高的战略失败后，高目标的人力资源配置造成大量冗员。

3. 人力资源短缺危机

人力资源短缺危机是相对于企业面对激烈的市场竞争环境，生存和发展所需的竞争力而言的。企业为适应生存和发展的需要，确定了未来发展战略，并对企业核心能力提出了具体要求，此时许多企业往往发现，反映企业核心能力的关键资源——人力资源，不能满足经营战略的需要，开始意识到人力资源的严重不足。因而，在经营战略展开时，出现人力资源短缺危机。

企业人力资源短缺危机主要有两种表现形式：一是人力资源数量结构性短缺，即各职类职种的核心人才缺乏；二是人力资源素质水平满足不了战略的要求。人力资源短缺危机将导致企业经营战略，或迟迟不能展开，而贻误先机；或因缺乏人才，实施不到位而失败；或因人员素质水平不够，而使战略目标无法按期完成。最终导致企业在激烈的市场竞争中总是处于劣势，而陷入经营管理的困境。

背景资料　　　　　人力资源危机的具体表现

高管人事危机。由于高管之间意见分歧、交恶、生活不检点、公开发表不良的演说、被除名、行贿受贿等而产生的危机。例如，2004年朗讯中国公司高管行贿事件、2004年年底创维黄宏生被拘事件、2005年年初惠普前CEO卡莉因业绩问题被董事会辞退事件、2005年3月底健力宝老板张海被拘事件等。

接班人危机。如同产品有生命周期一样，我们认为企业领导人也有领导力的生命周期。企业领袖带领企业在市场中角逐成长，继而成熟，随之而来的便是一个衰退的过程。企业发展到一定程度，领导人个人的能力、精力、知识结构出现不适应时，就需要吐故纳新，将接班人计划纳入体系中来。而正是这个交替的过程，如果处理不好，企业将会出现混乱，影响企业走出困境获得再一次的发展，危机也就在这个时候光临企业。

劳资关系危机。拖欠工人工资、不承诺应支付的福利、对不同国别的劳工区别对待、故意或无偿加强工人的劳动强度等原因引起劳资关系破裂，产生工人集体罢工、消极怠工等情况。比如，2004年普华永道公司北京、上海等地员工消极怠工事件，沃尔玛中国公司"拒建工会"事件。

企业人才危机。套用电影《天下无贼》里的台词，"21世纪，最重要的是人才"。如果企业非正常地出现大量人才流失和集体跳槽事件，那么对企业后续发展的影响也是非常大的。比如，陆强华率领100多名骨干从创维离职，2005年4月下旬TCL手机原中高层人马集体跳槽长虹手机（国虹通信公司）。

案 例

人力资源危机之东方航空集体返航事件

2008年3月31日，东航云南分公司从昆明飞往大理等地共18个航班，飞到目的地上空后，又返回昆明，导致乘客大量滞留。18名飞行员集体罢飞，折射出航空业人力资源危机，在业内掀起轩然大波。事实上，沸沸扬扬的3月31日的"罢飞事件"绝非第一例，仅2008年就出现了多次罢飞事件：3月14日，上海航空40余位机长同时报请病假；3月28日，东星航空11名机长集体"告假"……

飞行员罢飞事件是劳资纠纷的一个表现。劳资出现矛盾，飞行员呼吁无效，则以"罢飞"这种极端的方式进行事实上的抗议。除了罢飞，辞职是飞行员"对付"劳资纠纷的另一种方式：2004年6月，海航控股的中国新华航空公司（国有航空）14名飞行员集体辞职，投奔奥凯航空；同年7月，东航江苏分公司（国有航空）2名机长辞职；2005年4月，厦门航空公司（国有航空）飞行员辞职；2006年11月，东航总部与东星航空（民营航空）签订协议，22名飞行员"转会"东星，每人"转会费"210万元；2006年海航更是先后有22名飞行员提出辞职……随着民营资本介入民用航空，航空业正逐渐从精英时代向大众化时代过渡。接踵而来的"罢飞门"、"辞职门"成为民用航空业转型所出现的阵痛的突出表现。

大量民营航空公司崛起，使得民航业发展迅速，以每年12%～14%的速度发展。

到2010年，需要新增飞行员6 500名，而我国目前每年培养飞行员的总数只有600～800名。所以，现行飞行员数量难以弥补巨大的需求缺口。

然而，短期内储备大量飞行员违背飞行员成长规律。航线不断增加，飞行员数量远远不够。怎么办？很多航空公司没有飞行员的量，只能在质上下工夫，单方面提高飞行员的任务量。与此同时，薪酬并没有与任务量同步，这挫伤了飞行员的工作积极性，从而引发飞行员种种抵制行为。可见，航空业加速发展所引起的人才困境，航空公司面临着空前严重的人力资源危机。如何应对人力资源危机，成为航空公司急需解决的问题。

中国航空业出现的人力资源危机，只是各个行业人力资源危机的一个缩影。如何在日益激烈的行业竞争中游刃有余，培养和留住人才首当其冲。但是，需要提醒企业人力资源危机公关者的是，单纯的物质奖励已不是笼络人才的唯一手段，如何创造合适的人才进步阶梯、实施人性化的管理、创造融洽的企业文化，如何做到人才激励的"多"管齐下，是值得每个企业、每个行业思索的问题。

问题四：怎样解决人力资源危机？

为了解决人力资源危机，企业需要从企业内部的制度上着手，建立相应的危机管理机制；此外，即使出现人力资源危机，也要临危不惧，积极解决，尽量减少其所带来的损失。

首先，危机预防是企业构筑的第一道防线，它需要强有力的危机预防机制。睁开第三只眼睛，时刻关注企业的薄弱环节，企业的薄弱处往往是危机攻入的突破口。

人力资源危机往往是种种矛盾不断积累的结果，解决人力资源危机，一定要学会未雨绸缪，一方面要保住自己的领地，避免同行挖墙脚，另一方面，要建立"梧桐树"效应，吸引源源不断的"凤凰"。只有这样，才能把潜在的人力资源危机扼杀在摇篮中，这两方面，归根结底，就是完善合理有效的人才激励机制。

其次，提供合适的成长空间。根据马斯洛需要层次理论，人有五大需要——生理需要、安全需要、社交需要、尊重需要和自我实现需要。其中，自我实现需要是最高层次的需要，也是促进人发挥潜能的最稳定因素。自我实现需要得到满足的人，往往会自觉或不自觉地放弃满足较低层次的需求，当受到合适的激励时会运用最富有创造性和假设性的技巧，从而尽力实现自我价值的最大化。除了提供循序渐进的物质激励，还需要有逐步前进的个人空间。合适的个人发展会大大提高员工对企业的忠诚度，这在很大程度上是高薪诱惑所不能动摇的。

再次，实施呵护管理。出现人力资源危机的企业一般市场意识薄弱，对公司职员的管理仍然停留在行政性管理模式上，对员工缺乏人文关怀，漠视员工的利益需求，奖惩不分明。所以，企业的管理模式应与市场化接轨，借鉴国际先进的经营模式，注意协调各种资源之间的配置，创造人文关怀浓厚的企业文化，对员工实施人性化管理。

最后，企业仅有未雨绸缪的意识远远不够。遇到危机后快速反应，应在第一时间内做出回应，组织危机公关小组，启动危机公关方案等；真诚了解危机参与者的要求，对他们的合理需求如薪假做出承诺，使得当事者感受到公司的真诚态度。

2.10 管理层影响

问题一：管理层行为对内部控制有何影响？

管理层行为主要指管理哲学和经营风格。管理哲学与经营风格表现为管理者的各种偏好，影响着企业的行为和企业内部控制环境，进而影响着企业内部控制的效率和效果。企业制定的任何制度都不可能超越设立这些制度的主体，企业内部控制的有效性同样也无法超越创造、管理与监督制度的主体的管理哲学与经营风格。

管理哲学和经营风格主要包括管理当局对经营风险与财务风险的态度，整个企业的管理方式，管理层对法规的反应、对企业财务的重视程度以及对人力资源的政策及看法等。在许多西方国家，由于市场经济比较完善，基本上已形成一个比较成熟的经理人才市场。我国在这方面的起步比较晚，还未形成一个约束、监督与激励经理人员的外部机制，此外，管理层的管理哲学及经营风格还影响到下级的道德行为、思维方式和品行。因此，企业高层领导人除了自身起表率作用外，还要引导其员工以道德标准统驭自身的行为，进而影响企业内部控制的效率和效果。

问题二：如何规范管理层的意识和行为？

管理层的管理哲学和经营风格，直接反映在他们对企业的管理方式和方法上。我们可以从以下几个方面来树立企业的管理哲学和经营风格。

1. 风险的接受程度

企业在介入新业务前，需要仔细评估自身能够承受多大的风险，以及企业是否经常介入具有高风险的业务或对风险的保守态度。对这些问题的回答，明确了企业对经营风险的接受程度。企业在应对风险时采取的措施包括以下几点：

（1）企业实行资金集中管理。企业制定《资金管理办法》规范资金的支出程序，提高资金使用效率，建立资金管理的约束和监督机制，明确各项资金的使用办法和授权程序。

（2）企业实行债务集中管理。所有的长短期借款、内外资借款，都由企业集中管理，统一办理借款、还款手续。

（3）企业对重大合同或需要由企业名义签订的合同实行统一授权、分级管理。

（4）重大决策由总裁办公会听取相关部门或专家意见后，集体合议形成，报董事会审批。

2. 管理层对财务的态度

管理层对企业财务职能的态度，对选择会计准则的方式能够反映出管理人员的管理哲学和经营风格。

（1）财务管理。企业财务部具有财务管理和监督的职能，涉及诸多方面，如：预算管理、资金管理、资产管理、债务管理、价格管理等。

（2）会计政策选择。企业财务部应根据《会计法》、《企业会计准则》等相关规定和要求，选择适合本企业的财务会计制度，并根据政策和准则的变化及时修订。企业政策一经选定，应保持前后各期一致，不得随意改变。

（3）资产安全管理。企业制定固定资产、资金、存货等各项资产的管理规定，同时注重对财务信息及知识产权的保护。

3. 人员的交流与更替

高级管理人员和各部门管理人员应经常交流与沟通，确保信息畅通，企业可通过定期召开会议、走访调研各部门来实现；企业应确保管理层、监督职能人员的稳定，严禁频繁更替的情形发生，同时制定与企业情况相适应的离职程序，避免员工突然辞职对企业造成的伤害。

案 例

巨人集团坍塌：对管理层的启示

巨人集团曾经是我国民营企业的佼佼者，一度在市场上叱咤风云，该企业以闪电般的速度崛起后，又以流星般的速度迅速在市场上沉落了。这样一家资产好几亿，年产值号称数十亿的企业破产，究其原因，管理当局错误的经营理念是很重要的一个方面。

该企业在1993年以前，其经营状况是非常乐观的，但是在1993年国家有关进口电脑的禁令一解除，国外众多超重量级选手蜂拥进入我国市场，一些头脑理智的企业纷纷压缩规模调整结构，可巨人集团的管理当局急于寻求新的产业支柱，轻易迈出了经营房地产和保健饮品的多角化经营的脚步。而当时巨人集团的资金不足，又没有得到银行等金融机构的资金支持，没有实力同时在两个全新的产业展开大规模投入。

到了1994年，巨人集团管理当局已经意识到集团内部存在的种种隐患：创业激情基本消失了，出现了"大锅饭"现象；管理水平低下；产品和产业单一；开发市场能力停滞。但管理当局还是回避了企业内部产权改造及经营机制重塑的关键问题，想通过再一次掀起的发展和扩张热潮，将企业重新带回到过去辉煌的时期。管理当局决定在保健饮品方面大规模投入，这样的投入带来了短暂的效益，可很快企业的问题暴露无疑：企业整体协调乏力、人员管理失控、产品供应链和销售链脱节等。针对这些问题，企业管理当局进行了整顿，但是未能从根本上扭转局面，最终全线崩溃。巨人集团总裁史玉柱在检讨失败时曾坦言：巨人的董事会是空的，决策是一个人说了算。决策权过度集中在少数高层决策人手中，尤其是一人手中，负面效果同样突出。特别是这个决策人兼具有所有权和经营权，而其他人很难干预其决策，危险更大。

第3章 风险识别及评估

任何企业都面临着来自内部和外部的风险，风险影响着企业的生存能力，影响着它们能否在竞争中取得成功。管理人员的每一个决策都在创造风险，因此，只要企业持续经营，风险就会永远存在。管理人员唯一能做的就是谨慎地接受风险，并将风险维持在一个合理的水平范围之内。企业必须建立一个有效的风险评估系统，为内部控制目标的实现提供合理保证。风险评估系统包括四个要素：目标设定、风险识别系统、风险分析系统和风险应对系统。

3.1 目标设定

风险是不能实现目标的可能性，目标设定是风险识别、风险评估和风险应对的前提。在管理当局识别和评估实现目标的风险并采取行动来管理风险之前，首先必须有目标。因此，目标的设定是风险评估的先决条件。

问题一：内部控制目标经历了哪些发展阶段？

如前所述，内部控制是企业风险管理中不可分割的一部分。企业风险管理比内部控制更广泛，它拓展和细化了内部控制，形成了一个更全面关注风险的更加强有力的概念提炼。风险管理目标在内部控制目标的基础上不断深化。

从内部控制定义的产生到全面风险管理框架的完善，内部控制的目标大致经历了四个阶段的发展，经历了从少到多、从静到动、从简到繁、从低到高的变化，这些目标的变化不仅受其存在动因的影响，并且反作用于实现目标的手段和手法。

（1）在内部控制制度阶段，内部控制的目标为：保护资产、检查会计信息的准确性、提高经营效率、推动管理部门所制定的各项政策得以贯彻执行。1949年，美国注册会计师协会在一份特别报告中首次明确了这一目标。

（2）在内部控制结构阶段，内部控制的目标为：保护资源免受损失；配合组织任务；遵循法律、规章及各项管理作业规定；提供值得信赖的财务及管理资料。1986年，美国INTOSAI颁布的《世界最高审计机关组织内部控制准则》中确定了这一目标。

（3）在内部控制整合框架阶段，内部控制目标总结为三大目标，即经营的效率效果性目标、财务报告目标和合法合规性目标。1992年，美国COSO报告将内部控制目标进一步深化。

（4）在内部控制风险管理控制阶段，战略目标也作为风险管理的首要目标第一次被搬上桌面，并影响和指导运营目标、报告目标和合规目标。2004年，美国COSO《企业风险管理——整合框架》将内部控制的含义延伸为更高层次的企业风险管理，一直被冠以责任主导之名的内部控制目标终于得到改善；2006年，我国《企业内部控制规范——基本规范》在COSO报告的基础上将内部控制的目标界定为：保证企业战略的实现；保证经营的效率和效果；保证财务报告及管理信息的真实、可靠和完整；保证资产的安全完整；保证遵循国家法律法规和有关监管要求。其中，保证经营的效率和效果、保证资产安全完整这两个目标与美国风险管理框架的运营目标相匹配。这也反映了我国积极与国际接轨、寻求趋同的一种发展理念。

问题二：目标设定包含哪些内容？

目标设定分为三个层次，首先在企业既定的使命或愿景指导下，管理层制定企业的战略目标，其次根据战略目标制定业务层面的目标，并在企业内层层分解和落实，最后根据设定的目标合理确定企业整体风险承受能力和具体业务层次上的可接受的风险水平。

1. 战略目标

战略目标反映了管理层就主体如何努力为其利益相关者创造价值所做出的选择，是最高层次的目标，与其使命相关联并支撑其使命。

战略是实现企业目标的全面性、方向性的行动计划。企业在考虑实现战略目标的各种方案时，必须考虑与各种战略相伴的风险及其影响，对于同样的战略目标可以选择不同的战略加以实现，而不同的战略则具有不同的风险。因此，企业在战略选择之前，有必要对当前的经营状况进行评估，分析内、外部环境因素，公司在行业中所处的位置及面临的机遇和挑战，不断审视当前的目标与使命。

案 例

英特尔公司的"战略转折点"

在某些情况下，公司所在的环境会发生巨大的变化，这些变化往往会改变公司的未来前景，并要求公司对自己的发展方向和战略方向进行大幅度的修订，英特尔的总裁安德鲁·格罗夫把这种情况叫做"战略转折点"。

格罗夫和英特尔在20世纪80年代中期遇到了一次这种战略转折点。当时，计算机存储芯片是英特尔的主要业务，而日本的制造商却想要占领存储芯片业务，因此将它们相对英特尔以及其他芯片生产商的价格降低了10%，每一次美国生产商在日本生产商降价之后回应日本生产商的降价行为时，日本的生产商则又降低10%，为了对付日本竞争对手的这种挑衅性的定价策略，英特尔公司研究出了很多战略选择——建立巨大的存储芯片生产工厂，以克服日本生产商的成本优势；投资研究与开发，设计出更加高级的存储芯片；撤退到日本生产商并不感兴趣的小市场上去。最后格罗夫认为，所有这些战略选择都不能为公司带来很好的前景，最好的长期解决方案是放弃存储芯片业务，尽管这块业务占英特尔公司收入的70%。然后，格罗夫将英特尔的全部能力致力于为个人计算机开发出更强大的微处理器（英特尔早在20世纪70年代的早期就已经开发出来了一种微处理器，但是由于微处理器市场上的竞争很激烈，生产能力过剩，所以英特尔现在才将公司的资源集中在存储器芯片上）。从存储器芯片业务撤退，使英特尔公司在1986年承担了1.73亿美元的账面价值注销，并全力以赴参与微处理器业务——格罗夫所做的这项大胆的决策实际上给英特尔公司带来了一个新的战略使命：成为个人计算机行业微处理器最主要的供应商，使个人计算机成为公司和家庭应用的核心，成为推动个人计算机技术前进的一个无可争辩的领导者。

今天，85%的个人电脑带有"Intel Inside"的标签，同时，英特尔公司是美国1996年盈利最大的五家公司之一，营业收入为208亿美元，税后利润为52亿美元。

2. 业务层面目标

（1）运营目标。运营目标与主体运营的有效性和效率有关，包括业绩和盈利目标以及资源不受损害。运营目标需要反映主体运营所处的特定的经营、行业和经济环境，其目的在于在推动主体实现其终极目标的过程中提高经营的有效性和效率。

运营目标需要反映特定企业自身及所处特定经济环境的特点，全面考虑产品质量的竞争压力、产品的生产周期，或者与技术变化有关的其他因素。管理层必须确保运营目标反映了现实与市场要求，并且有明确的绩效衡量指标。运营目标明确，且与子目标衔接良好，是企业运营成功的基本前提。运营目标引导企业的资源流向，运营目标不明确或不成熟，会造成企业资源的浪费。

背景资料　　　　　　反映企业运营目标的指标

获利能力：销售利润率、资产利润率等

资产管理比率：应收账款周转率、存货周转率、流动资产周转率等

增长率：资产增长率、利润增长率等

对股东贡献：权益净利率、每股收益等

对员工贡献：职工薪酬、劳动安全、教育培训等

对社会的贡献：税收、慈善活动的参与、高质量的产品和服务等

行业地位：市场占有率、商誉等

（2）财务报告目标。报告目标与报告的可靠性有关。企业报告包括内部和外部报告，可能涉及财务和非财务信息。可靠的报告为管理层提供适合其既定目标的准确而完整的信息，支持管理层的决策，并对主体活动和业绩实施有效监控。财务报告向外界报告使用者提供与企业财务状况、经营成果等有关的会计信息，反映企业管理层受托责任的履行情况，有助于报告使用者做出经济决策；内部控制报告可以增强CEO及其他高层管理人员的控制意识，传递高层管理人员对内部控制的承诺，进而增强内部控制的有效性。

背景资料　　　　中国证监会2007年2月1日发布
《上市公司信息披露管理办法》

信息披露文件主要包括招股说明书、募集说明书、上市公告书、定期报告和临时报告等。定期报告包括年度报告、中期报告和季度报告。凡是对投资者做出投资决策有重大影响的信息，均应当披露。年度报告中的财务会计报告应当经具有证券、期货相关业务资格的会计师事务所审计。

　　年度报告应当在每个会计年度结束之日起4个月内，中期报告应当在每个会计年度的上半年结束之日起2个月内，季度报告应当在每个会计年度第3个月、第9个月结束后的1个月内编制完成并披露。

　　年度报告应当记载以下内容：①公司基本情况；②主要会计数据和财务指标；③公司股票、债券发行及变动情况、报告期末股票、债券总额、股东总数、公司前10大股东持股情况；④持股5%以上股东、控股股东及实际控制人情况；⑤董事、监事、高级管理人员的任职情况、持股变动情况、年度报酬情况；⑥董事会报告；⑦管理层讨论与分析；⑧报告期内重大事件及对公司的影响；⑨财务会计报告和审计报告全文；⑩中国证监会规定的其他事项。

　　中期报告应当记载以下内容：①公司基本情况；②主要会计数据和财务指标；③公司股票、债券发行及变动情况、股东总数、公司前10大股东持股情况、控股股东及实际控制人发生变化的情况；④管理层讨论与分析；⑤报告期内重大诉讼、仲裁等重大事件及对公司的影响；⑥财务会计报告；⑦中国证监会规定的其他事项。

　　临时报告应当披露发生的可能对上市公司证券及其衍生品种交易价格产生较大影响的重大事件，投资者尚未得知时，上市公司应当立即披露，说明事件的起因、目前的状态和可能产生的影响。前款所称重大事件包括：①公司的经营方针和经营范围的重大变化；②公司的重大投资行为和重大的购置财产的决定；③公司订立重要合同，可能对公司的资产、负债、权益和经营成果产生重要影响；④公司发生重大债务和未能清偿到期重大债务的违约情况，或者发生大额赔偿责任；⑤公司发生重大亏损或者重大损失；⑥公司生产经营的外部条件发生的重大变化；⑦公司的董事、1/3以上监事或者经理发生变动；董事长或者经理无法履行职责；⑧持有公司5%以上股份的股东或者实际控制人，其持有股份或者控制公司的情况发生较大变化；⑨公司减资、合并、分立、解散及申请破产的决定；或者依法进入破产程序、被责令关闭；⑩涉及公司的重大诉讼、仲裁，股东大会、董事会决议被依法撤销或者宣告无效；⑪公司涉嫌违法违规被有关机关调查，或者受到刑事处罚、重大行政处罚；公司董事、监事、高级管理人员涉嫌违法违纪被有关机关调查或者采取强制措施；⑫新公布的法律、法规、规章、行业政策可能对公司产生重大影响；⑬董事会就发行新股或者其他再融资方案、股权激励方案形成相关决议；⑭法院裁决禁止控股股东转让其所持股份；任一股东所持公司5%以上股份被质押、冻结、司法拍卖、托管、设定信托或者被依法限制表决权；⑮主要资产被查封、扣押、冻结或者被抵押、质押；⑯主要或者全部业务陷入停顿；⑰对外提供重大担保；⑱获得大额政府补贴等可能对公司资产、负债、权益或者经营成果产生重大影响的额外收益；⑲变更会计政策、会计估计；⑳因前期已披露的信息存在差错、未按规定披露或者虚假记载，被有关机关责令改正或者经董事会决定进行更正；㉑中国证监会规定的其他情形。

（3）合规目标。合规目标与企业活动的合法性有关。企业从事活动必须符合相关的法律和法规，并有必要采取具体措施。这些法律法规可能与市场、价格、税收、环境、员工福利，以及国际贸易有关。企业需要根据相关的法律法规制定最低的行为标准并作为企业的遵循目标，企业的合规记录可能对它在社会上的声誉产生极大的正面或负面影响。

（4）资产安全完整目标。企业制定相应的实物资产和各种文档资料的保管制度，以确保其不被盗窃、毁损。

3. 风险承受能力

风险承受能力有两个层次，即企业和具体业务层次上可接受的风险水平。整体风险承受能力是指企业愿意接受且能够承受的最大风险水平，在此风险水平下，企业能够为目标实现提供合理保证。企业整体风险承受能力确定后，按照系统、科学的方法将其进行逐级分解，从而得到业务部门或业务单元的最大风险承受能力，即具体业务层次上可接受的风险水平。

问题三：如何设计内部控制目标？

企业的战略目标一般是稳定的，但与其相关的业务层面的目标具有动态性，会随着内部和外部条件的变化而调整。在企业风险管理目标的设计过程中，我们首先要确定企业层面的目标，即战略目标。

1. 制定战略目标

战略目标需要通过董事会及员工的相互沟通后确定，同时还要有支持其实现的资金预算及战略计划。战略目标的制定需要经过如下四个阶段：

（1）明确企业发展目标。企业在其中的长期规划中应明确自身的发展目标和发展方向，通过培训、宣传手册、领导讲话等方式将企业层面的目标清晰地传达给员工。

（2）制定实现目标的战略规划。企业通过SWOT分析，在了解自身的优势、劣势、机会和威胁的基础上制定帮助企业实现目标的战略规划。

（3）制定年度计划及资金预算。企业根据制定的中长期战略规划，编制年度经营计划、年度资金预算等。该年度经营计划及预算应符合企业中长期战略规划的效益目标、投资方向和投资结构。

（4）企业编制《企业预算管理办法》，明确编制预算的基本原则、内容、编制依据等。

2. 确定业务层面目标

业务层面目标包括如上所述的运营目标、报告目标、合规目标和资产安全完整目标，它来自企业战略目标及战略规划，并制约或促进企业战略目标的实现。业务层面的目标应具体且具有可衡量性，并与重要业务流程密切相关。业务层面目标的制定需要经过如下四个阶段：

（1）制定业务层面目标。企业的总目标及战略规划为业务层面的目标指明方向，业务层面根据自身的实际情况及总体目标的要求提出本单位的目标，通过上下不断沟通最终确定。

（2）根据企业的发展变化，定期更新业务活动的目标。

（3）配置资源以保证业务层面目标的顺利实现。企业在确定各业务单位的目标之后，将人、财、物等资源合理分配下去，以保证各业务单位有实现其目标的资源。

（4）分解业务目标并下达。企业确定业务层面的目标后，再将其分解至各具体的业务活动中，明确相应岗位的目标。

3. 合理确定风险承受能力

为了合理确定风险承受能力，在目标设定阶段企业必须解决以下三个基本问题：

（1）风险偏好。风险偏好是指企业在实现其目标的过程中愿意接受的风险的数量。我们可以采用定性和定量两种方法对风险偏好加以度量。风险偏好与企业的战略直接相关，在战略制定阶段，企业应进行风险管理，考虑将该战略的既定收益与企业的风险偏好结合起来，目的是帮助企业的管理者在不同战略间选择与企业的风险偏好相一致的战略。

（2）风险容忍度。风险容忍度是指在企业目标实现的过程中对差异的可接受程度，是企业在风险偏好的基础上设定的对相关目标实现过程中所出现的差异的可容忍限度。在确定各目标的风险容忍度时，企业应考虑相关目标的重要性，并将其与企业风险偏好联系起来。

（3）风险组合观。企业风险管理要求企业管理者以风险组合的观点看待风险，对相关的风险进行识别并采取措施使企业所承担的风险在风险偏好的范围内。对企业内每个单位而言，其风险可能落在该单位的风险容忍度范围内，但从企业总体来看，总风险可以超过企业总体的风险偏好范围。因此，应从企业总体的风险组合的观点看待风险。

案 例

美国墨菲汽车公司的经营战略

1. 企业使命

广义的使命：在世界范围内向人们提供交通工具。

狭义的使命：在市场经济国家制造和销售小汽车和卡车。

2. 企业目标

（1）在1988~1993年期间，公司的年均内部报酬率由12%达到16%。

（2）到1990年年底公司在世界汽车市场的占有率居第一位。

（3）到1995年国内小汽车和卡车的市场占有率增加8%。

（4）到1995年单位成本下降4%。

3. 企业战略

（1）通过将所有资源集中于小汽车和卡车制造行业来获得发展。主要集中发展低油耗的车，以达到政府的油耗标准，并向竞争者挑战。

（2）实行垂直集约化经营，并继续用最新技术使生产设备现代化以降低原材料消耗和生产成本。

（3）与外国汽车厂商建立合资企业，以在发展中国家制造和销售汽车。

4. 企业政策

（1）加强研究与开发，以降低成本和提高汽车的效率与安全性。

（2）提高公司各层次和各地制造厂的效率。奖励优秀职工、解聘效率低的职工和管理人员，或令其退休。

（3）加强安全、省油型汽车的制造并使其质量与头号竞争者的产品相媲美。

（4）注重国际市场，积极参与国际竞争。

3.2　风险识别系统

问题一：何谓风险识别？

风险是指对企业目标的实现可能造成负面影响的事项发生的可能性。风险识别是指对企业所面临的潜在风险进行判断、归类和鉴定的过程。风险识别可以发现企业风险所在，同时还要辨认各种潜在风险的来源，分析风险性质。具体来说，风险识别应解决如下问题：企业存在哪些风险，哪些风险应予以考虑，引起风险的原因是什么，风险引起的后果及严重程度等。

风险识别不仅在企业层面开展，还要在活动层面加以确认。只有对公司主要业务单元和职能部门（如销售、生产、营销、技术开发等）存在的各种不确定性事件进行预测、分析和确认后，企业经营战略与职能战略的实施才能得到更加有力的保证。风险识别的结果应反馈回企业战略目标的制定过程中。

问题二：风险的主要来源有哪些？

影响内部控制目标实现的风险因素来自于企业的内部和外部。

内部风险因素一般包括：高级管理人员职业操守、员工专业胜任能力、团队精神等人员素质因素；经营方式、资产管理、业务流程设计、财务报告编制与信息披露等管理因素；财务状况、经营成果、现金流量等基础实力因素；研究开发、技术投入、信息技术运用等技术因素；营运安全、员工健康、环境污染等安全环保因素。

应当关注的外部风险因素一般包括：经济形势、产业政策、资源供给、利率调整、汇率变动、融资环境、市场竞争等经济因素；法律法规、监管要求等法律因素；文化传统、社会信用、教育基础、消费者行为等社会因素；技术进步、工艺改进、电子商务等科技因素；自然灾害、环境状况等自然环境因素。

问题三：风险识别有哪些技术？

风险识别一般采用定性分析方法，分两个阶段进行：第一阶段辨别风险，即寻找各种风险及其所在领域；第二阶段风险分析，即分析引起风险事故的各种原因和可能的后果。风险识别主要有以下7种方法。

1. 现场调查法

现场调查法是对风险进行实地的全面普查。一般分为三步：调查前的准备、现场调查以及形成调查报告与反馈。调查前的准备工作需要设计调查表格和确定调查内容事件（包括调查对象、时间、地点）。现场调查过程需要认真记录并填写调查表。

现场调查法的优点是可获得第一手资料，有助于与基层人员和一线员工建立良好关系；缺点是耗时较长，成本较高，有时因疲于应付调查还会引起员工的反感。

2. 风险清单分析法

风险清单分析法又称列表检查法，即事前设计好调查表，将已经识别的企业主要风险填列其中，进行对照检查。调查表可以是制式表格，也可以是专用表格。制式表格多由风险管理或保险咨询的机构和专家提供，包含人们已经识别出的最基本的各类损失风险。专用表格仅适合某一特定企业，多为企业自己的风险管理人员根据企业自身资产状况和经营特点建立的风险一览表，由于更加注重本企业具有的特殊风险，所以针对性更强。

风险清单分析法有诸多优势，包括成本合算，风险识别过程简单迅速，可以同时跟踪检测整个风险管理过程，不断修订检查表以适应变化的情况；其缺点是检查表的初次制作比较费时，检查表的回收率可能较低，而且质量难以有效控制。

3. 财务状况分析法

财务状况分析法又称财务报表分析法，是指通过资产负债表、损益表和其他附表等财务信息的分析来识别风险。该方法的具体应用包括趋势分析法、比率分析法、因素分析法和模型分析法。例如，通过分析资产负债表中应收账款的账龄，企业可以判断是否有形成坏账的风险，对于实物资产要注意人为事故造成的损失或者技术贬值的风险。

财务状况分析法的优点是信息准确、客观、清晰、扼要，而且易于被内部和外部人员接受；缺点是无法反映企业风险全貌，部分信息仅能被专业人士所利用。

4. 组织结构图分析法

组织结构图分析法是通过勾画整个经济单位的组织结构图来发现风险

可能产生的区域，以识别风险的方法。其工作程序为先画出组织整体结构图，然后细化组织结构和管理结构，以识别风险可能产生的区域，重点应注意职能重复出现的部门、过分依赖性和过度集中性的部门。组织结构图分析法主要用于寻找风险产生的区域或环节，因此将其用于风险识别时往往有专门的目的。

5. 流程图法

流程图法是识别企业潜在风险的系统方法，它将企业组织按照生产经营过程的内在逻辑联系绘制成作业流程图，然后针对其中的关键步骤或薄弱环节进行调查和分析，即通过描述产品、服务与会计、营销等过程来识别流程中的风险。流程图法的工作步骤分为三步：分析、识别产品从设计至销售所历经的各个阶段；据此绘制流程图，解释流程中的所有风险；用流程图进一步解释风险发生的原因以及可能造成的影响。在复杂的流程图中可以通过简表的方式来进行解释，直观反映可能发生的风险、原因及其结果。

流程图法的优点在于可以将复杂的生产过程或业务流程简单化，从而易于发现风险；其缺点是流程图的绘制耗费时间。

6. 事故树法

事故树法又称故障树法，是风险识别中一种常用的方法。事故树法从某一风险结果出发，运用逻辑推理的方法推导出引发风险的原因，即遵循风险事件——中间事件——基本事件的逻辑结构。事故树把影响企业整体目标实现的诸多因素及其因果关系一步步清楚地列示出来，有利于进行下一步深入的风险分析。

7. 可行性研究

可行性研究是在项目计划阶段即对风险进行定性识别的方法。它的工作步骤为检查各部分原始意图，发现有无偏离意图的情况，寻找偏离原因，预测偏离后果。可行性研究的优点是可在项目实施前就发现风险并加以处理；缺点是比较费时，且需要详细的设计系统图的支持。

问题四：如何建立企业风险识别系统？

风险识别是事项识别的一个重要方面，影响着企业风险管理的完整性和有效性。识别影响企业层级风险及业务层级的内部及外部因素，对于有效的风险评估来说是极其重要的。因此，我们需要从企业层面及业务层面来建立风险识别系统。

1. 建立企业层面的风险识别系统

无数的内部和外部因素驱动着企业的战略执行和目标实现，能够识别这些因素，对于企业的风险管理来说重要性不言而喻。企业应从多方面获得信息，以识别风险。

（1）从外部专家处获得有关企业层面的风险意见。企业可从法律顾问、外部审计师等专业机构获得有关企业层面的风险意见，分析后在年报中予以披露。所披露的事项包括：汇率风险、价格风险、行业风险、自然灾害风险等。同时企业还可以通过参加行业联合会，与同行业知名企业、咨询机构沟通的方式，获得更多、更全面的信息，从而更准确地识别企业层面的风险。

（2）从内部管理人员处获得有关企业层面的风险意见。管理人员通过对企业所处的内外部环境进行分析，从而识别出可能存在的风险。外部环境分析包括对宏观环境、行业情况、竞争态势等方面的分析。与此同时，企业也对自身的资源及能力进行分析，内容包括：人力资源分析、财务资源分析、无形资产分析、管理能力分析等，以此来识别影响企业战略目标实现的内部风险因素。

2. 建立业务层面的风险识别系统

企业除必须识别企业层面的风险外，还应辨识业务层面的风险。通过采取必要措施管理业务层级的风险，有利于把企业层面的风险维持在一个合理的、可接受的水平上。企业同样可以通过听取内部及外部专家来获取业务层级风险的有关信息。

（1）从外部供应商、客户等相关利益方获取风险信息。管理人员可以从供应商、客户等相关利益方那里获得有关企业采购、生产、销售、技术发展等各方面的信息，从中辨识存在的风险。

（2）从业务管理人员处获得风险信息。各业务部的管理人员，对本部门的情况相对于其他人来讲要更加了解。他们在管理过程中碰到的各种问题，可通过适当的渠道反映到高层管理者那里，以帮助管理者识别其中存在的风险，并采取措施避免风险事件的发生。

案 例

中广核集团多管齐下开展风险评估诊断

中国广东核电集团有限公司（以下简称中广核集团）为保证战略目标的顺利实施，根据国务院国有资产管理委员会《中央企业全面风险管理指引》的规定，结合企业自身的特点，积极推进全面风险管理体系建设。

为了确保风险管理做到有的放矢，中广核集团特别重视企业风险的评估与诊断，为此集团采用多种方式开展风险识别，寻找对目标实现具有重大影响的风险事项。

中广核集团专门成立了全面风险管理体系建设工作领导小组和工作推进小组。首先，工作小组在深入调研和访谈的基础上设计了调查问卷，然后，在集团范围内，由上至下，由面及点，进行风险的实地调查，并组织填写调查问卷。经统计，回收有效调查问卷240多份。第三，根据调查问卷，开展风险分析，明确所面临的重大风险。经过统计分析，工作小组辨识出风险事项517个，在集团公司层面归集为13大类、35个风险。在此基础上，结合公司组织结构图，绘制集团风险图谱，经过风险管理领导小组确认，最终明确了需要重点防范的9类重大风险。

3.3　风险评估系统

企业在识别风险之后，必须进行风险评估，以衡量风险对企业目标实现的影响程度。

问题一：如何认识风险评估的内容？

内部因素和外部因素都会影响企业目标的实现程度，尽管有些因素对于一个行业中的企业而言是共通的，但是更多的因素对于特定的主体而言却是独特的。管理层在进行风险评估时应着重关注这些特有的因素，结合本企业的规模、经营的复杂性等，评估风险的可能性及其影响。

管理者在评估风险时，应当从固有风险和剩余风险两个方面进行评估。固有风险是指管理者不采取任何风险管理措施情况下，企业所面临的风险。剩余风险是指管理者采取相应措施应对风险后仍然存留的风险。评估风险时首先评估的是固有风险，当风险管理策略确定后，再考虑剩余风险。

案 例

某公司应收账款风险评估

某公司对其应收账款从固有风险和剩余风险两个方面进行风险评估，结果如表3-1所示。

表3-1 某公司应收账款风险评估

运营目标	商品销售1 000 000元				
衡量指标	应收账款周转率				
风险	收账期长短对应收账款收回金额的影响				
风险承受度	坏账准备5‰				

风 险	固有风险评估		风 险 反 应	剩余风险评估	
	可能性	影 响		可能性	影 响
平均收账期45天	70%	700 000	无	70%	700 000
平均收账期90天	25%	250 000	运用现金折扣政策	80%	200 000
平均收账期180天	5%	50 000	运用现金折扣政策	20%	10 000

问题二：风险评估的依据有哪些？

风险评估信息的来源主要有：

（1）客观依据。对风险的可能性和影响的估计值通常利用来自过去的可观察事件的数据来确定，它提供了一个比较客观的依据。

（2）主观判断。很多管理人员在面对不确定性时会做出主观判断，这种判断的正确性取决于管理人员的能力、知识、经验等因素，因此主观判断会存在一些个人偏见。

（3）管理人员的主观判断与外部客观数据分析相结合，将会使风险评估的正确性大大加强。

问题三：风险评估应从哪些维度进行？

风险评估主要从风险发生的可能性及对企业目标的影响程度两个维度来分析。

1. 风险发生的可能性分析

可能性分析是指假定企业不采取任何措施去影响经营管理过程，将会发生风险概率的大小。一般来讲，风险发生概率大于0且小于或等于5%时，确定为风险"几乎不会发生"；风险发生概率大于5%且小于或等于50%时，确定为风险"可能会发生"；风险发生概率大于50%且小于或等于95%时，确定为风险"很可能发生";风险发生概率大于95%时,确定为风险"基本会发生"。对于风险发生概率的估计,主要考虑以下几个因素:风险相关资产的变现能力,经营管理中人工参与的程度,经营管理中是否涉及大量繁杂的人工计算等。

2. 风险发生的影响程度分析

风险影响程度分析主要是指对目标实现的负面影响程度分析。风险影响程度大小是针对既定目标而言的,因此对于不同的目标,企业应采取不同的衡量标准。

问题四:如何进行风险评估?

风险评估的具体工作步骤如图3-1所示。

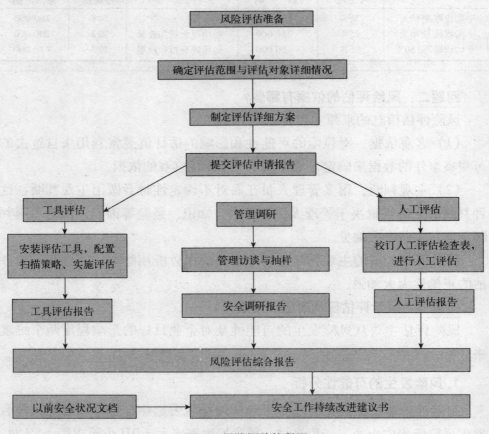

图3-1 风险评估流程图

1. 确定风险评估实施主体

风险评估应由企业组织有关职能部门和业务单位实施，也可聘请有资质、信誉好、风险管理专业能力强的中介机构协助实施。企业应制定《风险控制管理办法》、《风险评估方法和标准》等相关制度和规章，明确机构的职责和分工、风险评估的程序和方法。具体进行风险评估的部门应是内部控制部门，它们对已识别的风险进行定量和定性的分析，估计风险的严重程度，评估风险发生的可能性或频率，考虑采取适当的措施管理风险。

2. 确定风险评估的时间范围

评估风险的时间范围应与相关战略和目标的时间范围保持一致，当企业战略目标不仅着眼于中短期，并在某些方面延伸到较长时期时，管理层也不能忽视那些可能延伸的风险。一般而言，时间范围越大，风险发生的可能性就会越大，风险评估的要求就会越高；另外，管理者还应注意，不同时间段所对应风险发生的可能性是不同的，如春季发生旱灾的可能性相对较高，而夏季发生洪涝灾害的可能性相对较高。

3. 确定风险评估的空间范围

如果潜在事项之间并不相关，管理者应对它们分别进行评估；但当事项彼此关联，或者事项结合或相互影响会产生显著不同的可能性或影响时，管理者应把它们放在一起进行评估。因此，风险分析应包括风险之间的关系分析，以便发现各风险之间的自然对冲、风险事件发生的正负相关性等组合效应，从风险策略上对风险进行统一集中管理；另外，企业在评估多项风险时，应根据对风险发生可能性的高低和对目标的影响程度的评估，绘制风险坐标图，对各项风险进行比较，初步确定对各项风险的管理优先顺序和策略。

4. 运用风险评估技术及方法

风险评估方法包括定量分析和定性分析。在不要求定量分析的地方，或者定量分析所需的充分可靠数据实际上无法取得，或者获取这些数据不具有成本效益时，管理者通常采用定性分析的方法。定量分析能带来较高的精确度，但要求数据较多，分析较为复杂，通常应用在更加重要的活动中。

（1）定性分析的方法。定性分析方法可采用问卷调查、集体讨论、专家咨询、情景分析、政策分析、行业标杆比较、管理层访谈、由专人主持的工作访谈和调查研究等。

（2）定量分析的方法。定量分析方法可采用统计推论（如集中趋势法）、计算机模拟（如蒙特卡罗分析法）、失效模式与影响分析、事件树分析等。进行风险定量评估时，应统一制定各风险的度量单位和风险度量模型，并通过测试等方法，确保评估系统的假设前提、参数、数据来源和定量评估程序的合理性和准确性。要根据环境的变化，定期对假设前提和参数进行复核和修改，并将定量评估系统的估算结果与实际效果对比，据此对有关参数进行调整和改进。

5. 风险评估的结果描述

对事件发生的可能性及影响程度进行定性或定量评估后，可以采用风险图、数量表等方式将其描述出来，以利于管理者针对不同的风险类型采用不同的风险管理策略。

3.4　风险应对系统

在评估了相关风险后，管理层就要确定如何应对风险。企业应根据风险的可能性和影响的程度，企业对风险的偏好和风险承受度，以及成本效益，选择合适的风险应对方案。

问题一：面对风险有哪些应对态度？

风险应对是指企业管理层采取一系列行动以便把风险控制在主体可以接受的范围之内。风险应对具体包括以下四种类型：

（1）风险回避（risk avoidance），即退出产生风险的活动，采用这种方案意味着所采用的应对措施不能把风险的影响和可能性降到一个可接受的水平。

企业对风险的对策首先考虑的是如何避免，尤其对于欺诈行为造成的资产损失及质量低劣带来的法律责任等。当风险造成的损失不能由该项目可能获得的利润予以抵消时，避免风险是最可行最简单的办法。但是避免风险的方法具有很大的局限性：

1）只有风险可以避免的情况下，避免风险才有效果；

2）有些风险无法避免，如市场风险、政治影响等；

3）有些风险虽然可以避免但成本过大；

4）事事都采取避免风险的态度可能会造成企业安于现状、不求进取的思想。

（2）风险降低（risk reduction），即采取措施降低风险的可能性和影响，或者同时降低两者。风险降低应对把剩余风险降低到与期望的风险相协调的水平。

企业在风险不能避免的情况下会自然地想到如何控制风险的发生、减少风险的发生，或如何减少风险发生后带来的损失。降低风险主要有两个方面：

1）控制风险因素，减少风险的发生。

2）控制风险发生的频率和降低风险的损害程度。降低风险的频率就需要准确的预测，如利率预测、汇率预测、债务人信用评价等；降低风险损害需要果断地采取措施，如对债务人进行债务重组、积极开展收账政策等。

（3）风险承受（risk acceptance），即不采取任何措施去干预风险的可能性或影响，采用这种方案也表明固有风险已在风险承受度之内。

企业承担风险的方式可以分为无计划的单纯自留或有计划的自发保险。无计划的单纯自留，主要是指对未预测到的风险所造成损失的承担方式；有计划的自发保险是指对已预测到的损失的承担方式，如资产减值准备的提取，坏账准备金的提取等。

（4）风险分担（risk sharing），即通过转移来降低风险的可能性或影响，或者分担一部分风险。与降低应对类似，也将剩余风险降低到与期望的风险相协调的水平。

企业为了避免自己在风险承受后对其经济活动的妨碍和不利，可以对风险采取不同的转移方式，如进行保险或非保险方式进行转移。现代保险制度是转移风险的最理想方式，企业可以进行财产、医疗等方面的保险，将风险损失转移给保险公司。此外，企业还可以通过合同条款将部分风险转移给对方，如运输合同中有关事故责任人的界定。

问题二：如何评价风险应对方案？

不同的风险应对方案将会产生不同的效果，有时应对方案组合可以产生最优的风险控制效果，有时，一个应对方案可以同时影响多个风险，因此，企业在选择应对方案时要对此进行评价。

1. 应对效果的评价

一个应对方案可能对风险的可能性和影响产生不同的效果，或者多个应对方案对风险的可能性和影响只会出现一种效果，管理者应结合过去的事项和潜在的趋势，选择对实现企业目标最有帮助的应对方案。

2. 成本与效益评价

企业资源总是有限的，企业必须考虑备选应对方案的相关成本与效益。直接成本和间接成本都要纳入考虑的范围，并且在成本难以量化的情况下应估计一个与特定应对相关的时间和效果。此外，在很多情况下，一项风险应对的效益可以在与实现相关目标有关的效益的背景下予以评价。

3. 识别应对方案中的机遇

事项识别的正面影响是发现机遇，机遇作为抵消风险负面影响的事项在管理层的风险评估和应对中予以考虑。

问题三：风险应对方案选择应遵循的基本原则？

企业应当根据风险分析情况，结合风险成因、企业整体风险承受能力和具体业务层次上的可接受风险水平，确定风险应对策略。

选择风险应对方案，应遵循以下原则：

（1）对超出整体风险承受能力或者具体业务层次上的可接受风险水平的风险，应当实行风险回避。

（2）对在整体风险承受能力和具体业务层次上的可接受风险水平之内的风险，在权衡成本效益之后无意采取进一步控制措施的，可以实行风险承担。

（3）对在整体风险承受能力和具体业务层次上的可接受风险水平之内的风险，在权衡成本效益之后愿意单独采取进一步的控制措施以降低风险、提高收益或者减轻损失的，可以实行风险降低。

（4）对在整体风险承受能力和具体业务层次上的可接受风险水平之内的风险，在权衡成本效益之后愿意借助他人力量，采取包括业务分包、购买保险等进一步的控制措施以降低风险、提高收益或者减轻损失的，可以实行风险分担。

问题四：如何针对不同业务选择风险应对方案？

风险应对策略与企业的具体业务或者事项相联系，不同的业务或事项可以采取不同的风险应对策略，同一业务或事项在不同的时期可以采取不同的风险应对策略，同一业务或事项在同一时期也可以综合运用风险降低和风险分担应对策略。

（1）在一般情况下，对战略、财务、运营和法律风险，可采取风险承受、风险回避、风险分担等方法。

（2）在通常情况下，对能够通过保险、期货、对冲等金融手段进行理财的风险，可以采用风险分担、风险降低等方法。

（3）风险应对的选择还应从企业范围内的组合角度去考虑。一些情况是，一个部门内的风险控制在风险承受度之内，但是从整个企业来讲却超过了风险承受度；还有一些情况是，企业内很多部门的风险可以相互抵消，不需要采取众多的风险应对措施。

第4章 控制活动

4.1 控制活动概述

问题一：何谓控制活动？

控制活动是指帮助管理人员确保其指令能被执行的政策和程序，它贯穿于企业所有层级和职能部门。管理层在确定控制活动时，需要考虑控制活动之间的联系。在某些情况下，一项控制活动可以实现多个风险反应；在另一些情况下，一个风险反应需要多个风险控制活动。一般情况下，控制活动是为了实现风险反应而建立的，但有时风险反应本身就是控制活动。比如，为了使某一特定交易能够适当进行，风险反应本身就是控制活动，即需要职责分离，需要有监管者的批准等。

问题二：控制活动包含哪些内容以及如何分类？

控制活动是不同组织层级的人员普遍实施的诸多程序中的主要活动，这些程序被用来强化行动计划的坚持，以及保证主体目标的落实。基于不同的分类标准，控制活动的类型有许多不同的表述。

1. 按照控制活动相关的目标分类

（1）战略目标控制活动，即确保企业战略目标得以实现的控制活动。

（2）营运目标控制活动，即确保实现经营活动效率和效果目标的控制活动。

（3）财务报告控制活动，即确保财务报告真实、有效的控制活动。

（4）合规性控制活动，即确保企业满足各项法律、法规、规章、制度的控制活动。有时，某一特定的控制活动，如经营性控制活动也有助于提高报告的可靠性；报告类的控制活动也会影响到法规的遵循。

2. 按照控制层次分类

（1）企业层面的控制活动，是指管理层为确保整个组织存在恰当的内部控制而设置的控制活动，包括环境控制、风险评估流程、经济活动分析、内部审计、财务报告流程等。

（2）业务层面的控制活动，是指直接作用于企业生产业务活动的具体

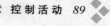

的控制，如业务活动中的批准与授权、审核与复核等。

3. 按照控制活动的作用分类

（1）预防性控制，指为防止错误及非法事件的发生，或尽量减少其发生机会的控制活动。

（2）侦查性控制，指为及时查明已发生的错误及非法事件，或提高发现错弊机会的能力所采取的控制活动。

4. 按照控制方式分类

按照控制方式分类，控制活动可分为9类，分别为：职责分工控制、审核批准控制、预算控制、财产保护控制、会计系统控制、内部报告控制、经济活动分析控制、绩效考评控制、信息技术控制。本章将在第2～10节中对上述控制活动展开详细阐述。

问题三：控制活动设计应遵循哪些基本原则？

控制活动是企业实现其目标的过程中一个极其重要的组成部分，不能为控制而控制，也不能仅认为应该控制而控制。控制活动的设计必须以控制目标为出发点和落脚点，根据事项识别和风险评估的结果，结合企业所采取的风险应对策略，综合运用各种控制措施对具体业务与事项、具体业务过程进行控制，其目的是合理保证将剩余风险控制在可接受水平之内。

剩余风险是指企业采取控制措施之后仍可能发生的风险。运用控制活动，并不能保证企业杜绝全部风险，但可以合理保证将剩余风险控制在可接受水平之内，可以合理保证企业不出现内部控制的重大缺陷，可以合理保证企业内部控制目标的实现。

问题四：企业制定控制活动应遵循怎样的步骤？

控制活动一般包括两个要素，即确定应遵循的政策以及实现政策的程序。管理层应保证每项业务活动都有恰当的政策及程序，并确保这些政策及程序能够得到有效执行。为保证控制活动的有效实施及企业目标的实现，以下程序值得借鉴。

1. 制定《风险控制管理办法》

企业制定《风险控制管理办法》，明确风险管理部门的职责分工、控制设计的原则和方法、关键控制的确认等。

2. 建立财务分析制度

企业应建立财务分析制度，明确财务分析的职责、分析的内容及方法，建立并不断完善财务会计报告制度。财务报告分析的主要内容包括：资产负债类指标分析、损益类指标分析、现金流量指标分析。

3. 建立财务会计报告流程

企业应建立完善的财务会计报告流程，以确保各项报告能够有序完成。财务会计报告流程主要包括以下几个方面：

（1）编制财务会计报告之前的准备工作；

（2）编制公司财务会计报告的流程；

（3）编制会计报表附注流程；

（4）编制财务情况说明书的流程；

（5）财务会计报告的复核、审批及存档；

（6）财务会计报告的考核及审计。

4. 建立风险控制文档

风险控制文档用于确认、记录每个流程、每个步骤中存在的风险和已建立的控制，并与相应的制度和控制实施证据相对应。企业建立一整套完善的风险控制文档，具体步骤如下：

（1）制定《风险控制文档编制标准》，明确风险控制文档的编制原则及项目的描述要求；

（2）根据企业生产及经营管理活动，制定采购、生产、销售、服务等相关业务流程，并为关键业务流程编制风险控制文档，该文档应能够反映真实的业务执行情况；

（3）对风险控制文档进行分析，查找出现有控制措施存在的缺失和漏洞，并进行补充和修订。

5. 建立风险控制文档完善制度

企业将风险控制文档与实际操作情况进行比较分析，查找出现有控制的差距和不足，据此补充和完善现有的控制措施，已达到防范风险的目的。另外，企业生产经营的内部及外部环境在不断变化，现存的控制措施并不能一直保持其有效性，因此需要及时地增加、减少、完善内部控制措施，防止管理中存在漏洞和死角。

6. 确认关键控制点

关键控制点，是指在相关流程中影响力和控制力相对较强的一项或多项控制，其控制作用是必不可少或不可代替的。确认的关键控制点应作为企业控制活动的重点，对其实行全面、严格的管理，以避免重大风险的产生。企业在开展风险控制分析，编写风险控制文档的基础上确认关键控制点，并以此编制《关键控制文档》。该文档须经过高层管理人员、直接负责人、外部的内控专家等相关人员的审查并进行修改完善后最终确定。

7. 编制控制程序文件

企业在建立风险控制文档的基础上，建立与控制相对应的程序文件和与控制相关的、有示范意义的标准控制证据。

8. 完善内部控制制度体系

企业应不断完善内部控制体系，具体包括：内控岗位授权制度、内控报告制度、内控批准制度、内控责任制度、建立内控审计检查制度、内控考核评价制度、重大风险预警制度、以总法律顾问制度为核心的企业法律顾问制度、重要岗位权力制衡制度等。

9. 及时更新控制活动及相关文档

企业的内部及外部环境时刻变化，风险评估的结果也会不断更新，控制活动也随之发生变化。企业应定期组织相关部门针对新增或变动的风险进行评估，将这些新增或变化后的控制活动记录在风险控制文档中，并根据识别出的关键控制更新关键控制文档。

4.2 职责分工控制

问题一：何谓职责分工控制？

职责分工控制要求根据企业目标和职能任务，按照科学、精简、高效的原则，合理设置职能部门和工作岗位，明确各部门、各岗位的职责权限，形成各司其职、各负其责、便于考核、相互制约的工作机制。

问题二：职责分工控制应考虑哪些因素？

企业组织机构有两个层面：一是法人治理结构问题，涉及董事会、监事会、经理的设置及相关关系；二是管理部门设置及其关系，对财务管理来说，就是如何确定财务管理的广度和深度，由此产生集权管理和分级管理的组织模式。

企业在确定职责分工过程中，应当充分考虑不相容职务相互分离的制衡要求。所谓不相容职务是指某些如果由一名员工担任，既可以弄虚作假，又能够自己掩饰其作弊行为的职务。企业应当根据各项经济业务与事项的流程和特点，系统、完整地分析、梳理执行该经济业务与事项涉及的不相容职务，并结合岗位职责分工采取分离措施。有条件的企业，可以借助计算机信息技术系统，通过权限设定等方式自动实现不相容职务的相互分离。不相容业务通常包括以下内容：

（1）授权批准职务与执行业务职务；

（2）业务经办职务与审核监督职务；

（3）业务经办职务与会计记录职务；

（4）财产保管职务与会计记录职务；

（5）业务经办职务与财产保管职务。

问题三：怎样建立健全职责分工控制？

建立健全职责分工控制，应从以下两个方面入手。

1. 设立管理控制机构

目前有些上市公司依据自身经营特点设立了各种专业委员会，例如审计委员会、价格委员会、报酬委员会等，这是完善内部控制机制的有益尝试。机构设置因单位的经营特点和经营规模而异，很难找到一个通用模式。比如设立价格委员会的企业大都是规模很大、采用集中采购方式且采购物资价格变动较大，这些企业设立价格委员会能够有效加强采购环节的价格监督与控制。再比如，对于规模大、技术含量很高、高科技人员云集、按劳取酬的企业，通过设立报酬委员会进行管理层持股及股票期权问题研究，能够提高报酬计划中按劳取酬的科学性，加强报酬计划执行中的透明度和监控力度。

2. 推行职务不兼容制度

（1）杜绝高层管理人员交叉任职。交叉任职主要体现在董事长和总经理为一人，董事会和总经理班子人员重叠。在上市公司中，这一问题普遍存在。关键人大权独揽，一人具有几乎无所不管的控制权，且常常集控制权、执行权和监督权于一身，并有较大的任意性。交叉任职违背了内部控制的基本原则，必然带来权责含糊，易于造成办事程序由一个人操纵的现象出现。事实上，资金调拨、资产处置、对外投资等方面出现问题的重要原因之一在于交叉任职，董事会缺乏独立性。因此，建立内部控制框架首先要在组织机构设置和人员配备方面做到董事长和总经理分设、董事会和总经理班子分设，避免人员重叠。

（2）杜绝会计人员和出纳人员交叉任职。1985年我国第一次颁布的《中华人民共和国会计法》中，将"会计不能兼任出纳"这一原则用法律形式表述出来，这是财务管理中最重要也是最基本的原则。企业应当结合岗位特点和重要程度，明确关键岗位员工轮岗的期限和有关要求，建立规范的岗位轮换制度，对关键岗位的员工，可以实行强制休假制度，并确保在最长不超过五年的时间内进行岗位轮换，防范并及时发现岗位职责履行过程中可能存在的重要风险，以强化职责分工控制的有效性。

案 例

中国农业银行邯郸分行金库失窃案

回顾中国农业银行邯郸分行金库失窃案情，任晓峰与马向景从2007年3月16日第一次盗取金库5万元现金开始，连续作案17天20余次。2007年4月2日到4月14日，二人变本加厉，肆无忌惮，仅13天时间，累计从金库盗取了5 095.6万余元的巨款，成为建国以来涉案金额最大的银行金库监守自盗案。

据悉，任晓峰在深刻反省自己没有经得起金钱诱惑的同时，也反思了银行在规章制度上的不健全、不严密、不规范、存在严重漏洞等问题，并就这些问题挥笔写下了12条建议。这真是不无幽默的一个插曲。事实上，中国农业银行邯郸分行确实存在着巨大的管理漏洞，基本的规章制度无处可寻。

（1）金库钥匙、密码管理混乱。缺少必要的制约环节，加上检查监督不力，客观上给违法犯罪分子以可乘之机。管库员之间钥匙、密码的交接混乱，库房钥匙登记簿与实际情况不符。

（2）电子监控制度落实不到位。金库监管失控，电子监控系统的监视器没有定人定时看守。自4月2日至4月16日案发，该行金库的监控系统一直处于瘫痪状态，始终无人修复。

（3）金库保卫制度落实不到位。按照规定，在非工作时间，金库应进行设防。但是由于此项工作落实不力，任晓峰、马向景多次作案就是在非工作时间金库没有设防的情况下进行的。

（4）查库制度落实不到位。按照《中国农业银行河北省分行现金业务操作规程》的规定：营业机构的值班主任每旬查库一次，营业机构负责人每月查库一次，支行会计部门负责人每季查库一次，主管行长每半年至少进行一次全面查库。但是该行在查库制度的落实上存在严重问题，查库制度流于形式。2007年3月20日张强已经不是管库员，但当天查库登记簿"管库员"栏有张强的签章。同年3月29日的查库登记簿"管库员"栏没有任何人签章。

（5）营业部规章制度落实不到位。部分营业人员原则性不强，责任意识差，不能严格按照规定办事，使犯罪分子的犯罪行为轻而易举得以完成。2007年4月12日，该行直属营业部会计主管、柜员严重违反现金操作程序，在没有收到任何现金的情况下，为任晓峰办理了95万元的存款手续。

（6）门岗、门卫形同虚设，外单位车辆、人员可随意出入。在任晓峰案中，犯罪嫌疑人毕利田开车直接进入银行后院，没有作任何登记。任晓峰曾多次携带大量赃款经过门岗和押运公司的值班室，竟无一人过问。

此外，任晓峰等人的犯罪暴露出岗位责任授权不明、追究不力的问题。该行现金管理中心的领导，违法将查库权力下放给部门的普通工作人员，造成权力的失控。据调查，任晓峰等人到人民银行送款、给各基层机构调拨配款根本不需领导审批。尤其在案发前近一个星期的时间，任晓峰等人根本没有到人民银行送款，但是主管领导竟没有丝毫察觉。

4.3 授权控制

问题一：何谓授权控制？

内部控制要求进行交易和经营活动时，要有授权批准制度，以确立完善的工作程序。授权控制要求企业根据职责分工，明确各部门、各岗位办理经济业务与事项的权限范围、审批程序和相应责任等内容。企业内部各级管理人员必须在授权范围内行使职权和承担责任，业务经办人员必须在授权范围内办理业务。

授权一般包括常规性授权和特别授权。常规性授权是指企业在日常经营管理活动中按照既定的职责和程序进行的授权。企业可以根据常规性授权编制权限指引并以适当形式予以公布，提高权限的透明度，加强对权限行使的监督和管理。特别授权是指企业在特殊情况、特定条件下进行的应急性授权，比如重大的筹资行为、投资决策、资本支出和股票发行等。企业应当加强对临时性授权的管理，规范临时性授权的范围、权限、程序、责任和相关的记录措施。有条件的企业，可以采用远程办公等方式逐步减少临时性授权。

企业对于金额重大、重要性高、技术性强、影响范围广的经济业务与事项，应当实行集体决策审批或者联签制度，任何个人不得单独进行决策或者擅自改变集体决策意见。并且未经授权的部门和人员，不得办理企业各类经济业务与事项。

问题二：如何建立授权批准体系？

（1）确定授权批准的范围。企业的所有经营活动都应纳入其范围。

（2）划分授权批准的层次。企业应根据经济活动的重要性和金额大小确定不同的授权批准层次，从而保证各管理层有权亦有责。

（3）明确授权批准的责任。应当明确被授权者在履行权力时应对哪些方面负责，应避免责任不清，一旦出现问题又难辞其咎的情况发生。

（4）规范授权批准的程序。应规定每一类经济业务审批程序，以便按程序办理审批，以避免越级审批、违规审批的情况发生。单位内部的各级管理层必须在授权范围内行使相应职权，经办人员也必须在授权范围内办理经济业务。

案 例

浙江巨化集团对外投资授权批准控制制度

浙江巨化集团为规范集团的对外投资业务，制定了对外投资内部控制制度，其中关于授权批准规定如下：

（1）集团公司，集团公司下属全资子、分公司的对外投资实行由集团公司统一决策的审批制度。

（2）集团公司下属多元化投资主体的控股公司的对外投资，根据投资单位《章程》规定，由投资单位董事会或股东（大）会决策。但投资单位在提交其董事会或股东（大）会决策前，应当首先提交集团公司论证，提出决策建议。

（3）遇到下列情况，在征求公司相关部门书面意见并落实投资回报后，可由投资单位直接向总经理办公会汇报并决策，但出资前仍应办理对外投资审核表：

- 出资额在200万元及以下的参股项目；
- 对外投资决策时间要求紧迫；
- 对外投资项目本身比较简单。

4.4　预算控制

问题一：何谓预算控制？

预算控制已成为内部控制的重要方式。按照道格拉斯 R. 卡迈克尔的观点，预算是保证内部控制结构运行质量的监督手段。

预算不等于简单的预测和计划，它是一种权利机制安排。预算不是目的，而是为了更好的控制，预算使经营管理各层次、各责任单元的权力得以用数据化、表格化的形式体现，其决定性作用是权力控制。

预算控制要求企业加强预算编制、执行、分析、考核等各环节的管理，明确预算项目，建立预算标准，规范预算的编制、审定、下达和执行程序，及时分析和控制预算差异，采取改进措施，确保预算的执行。

问题二：预算控制有哪些作用？

企业预算控制是国内外大中型企业所普遍采用的一种现代控制机制，是企业内部控制的重要组成部分。预算管理是企业管理的核心原则，有效的预算控制和管理可以提高经济效益，是检验现代化企业财务管理科学化、规范化的主要标志之一。

（1）预算控制是解决现代企业制度下，出资者、经营者与各部门及职工之间委托－代理问题的有效途径，是规范三者关系的制约手段。

（2）预算控制在保护财产的安全完整方面是高效的。企业要确保资产安全完整，仅仅依靠单一的资产管理法规和制度显然不够，必须辅之以预算手段。

（3）预算控制有利于优胜劣汰机制、激励约束机制的运行。任何一个预算管理松懈的企业必然难寻降本增效之源，难以摆脱低效率、高成本的困扰。

问题三：预算体系包括哪些内容？

预算体系通常包括销售预算、生产预算、采购预算、成本费用预算、利润预算及预计资产负债表、现金流量表等。

（1）销售预算。销售预算是企业预算体系的起点，根据企业的目标利润规划和市场情况编制，具体可分为业务类别、产品类别，采用销售收入、销售成本、销售利润等指标反映。

（2）生产预算。根据销售预算确定销售量，考虑期初、期末存货水平，按单位或总量生产要素消耗量计算，包括直接材料消耗、直接人工和制造费用等预算。

（3）期间费用预算。根据经营规模、销售水平和负债状况编制，包括管理费用、销售费用、财务费用。

（4）营运资金预算。主要反映与公司正常运营有关的短期收入和支出。其中，收入主要包括现销收入和赊销收入，短期需要筹措的资金。支出主要包括购买材料的现付款、应付账款、接受劳务的工资、福利费等，销售业务所需费用等。

（5）资本预算。反映公司负债、权益的预算变动和增加资本的投向，按筹资及投资的项目进行可行性分析，并详细反映投入资本和预计收益。

（6）损益分配预算。反映公司在预算期的利润总额及其分配的情况，依据企业销售收入、成本、费用、投资以及营业外收支情况，结合公司收益分配办法编制。

（7）财务状况预算。反映在预算期末，企业各有关资产、负债及权益项目的预算执行结果及变化情况，所以预算覆盖销售、成本、费用、损益、现金流量、长期投资等财务经营领域。

问题四：如何实行预算控制？

完整的预算控制体系是包括预算编制、预算执行和预算考评三个环节在内的控制系统。具体如图4-1所示。

1. 预算编制控制

（1）选择预算管理模式。作为实现企业战略目标的手段，预算管理的重点必然要体现战略的要求。不同的战略规划决定企业选择不同的预算管理模式，进一步决定企业选择不同的预算编制切入点、程序和方法。

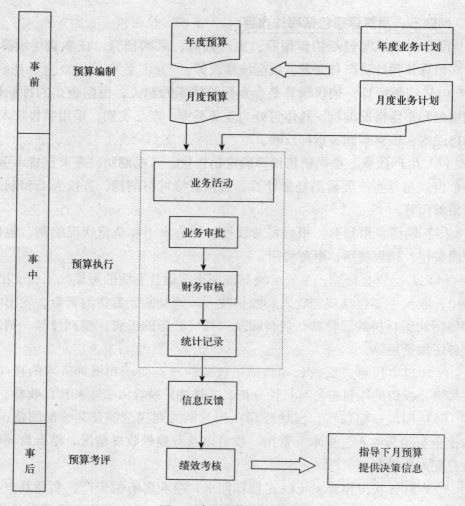

图4-1 全面预算控制体系

1）以资本预算为核心的预算管理模式。该预算管理模式适用于处于初创期的企业，其预算管理重点为：谨慎进行投资概算；利用财务决策技术进行资本支出的项目评价；项目投资总额预算和各期现金流出总额预算；融资预算；以预算为标准对实际购建过程进行监控与管理；对照资本预算，评价资本支出项目的实际支出效果。

2）以销售预算为核心的预算管理模式。该预算管理模式适用于步入成长期的企业。预算管理的重点是借助预算机制与管理形式来促进营销战略的全面落实，以取得企业可持续的竞争优势。以销售预算为核心的预算管理模式，能够为企业营销战略实施提供全方位的管理支持。

3) 以成本预算为核心的管理模式。该预算管理模式适用于市场成熟期的企业和大型企业集团的成本中心。以成本预算为核心的预算编制核心思想为：以期望收益为依据、以市场价格为已知变量来规划企业总预算成本；以总预算成本即目标成本为基础，分解到涉及成本发生的所有责任单位，形成约束各责任主体的分预算成本。

4) 以现金流量为核心的预算管理模式。该预算管理模式适用于市场衰退期的企业，其预算管理重点总是关注：企业及各部门、子公司现金的来源；企业现金支出的途径；现金流入、流出的具体时点；在某一时点上可用的现金余额；如何从外部筹措所需资金；控制不合理的现金支出，防止自由现金流量的滥用。

（2）明确预算编制程序。预算编制程序有自下而上式、自上而下式和上下结合式三种方式。

1) 自上而下式。所谓自上而下式，是指集团公司总部根据战略管理需要，制定全面而详细的预算，各部门或子公司只是预算执行主体，所有管理权力集中在总部。自上而下式适用于集权制管理的企业和产品生产、经营单一的企业。

2) 自下而上式。所谓自下而上式，是指各部门和子公司负责编制、上报预算，总部对预算负有最终审批权，预算管理的主动性在于基层单位，总部主要起到管理中心的作用。自下而上式适用于分权制管理的企业。

3) 上下结合式。上下结合式，博采上述两式之长，在预算编制过程中，经历了自上而下和自下而上的往复。上下结合式既体现了管理层的意志，反映了企业战略发展要求，又考虑了基层单位的实际情况。这一方式的关键在于上与下如何结合、对接点如何确定的问题。

（3）选择预算编制方法。预算编制的具体方法视不同部门、不同单位的性质和费用形态而定。通常有三种方法可供选择：

1) 传统预算法。即在上年度的预算基础上，考虑本年度预计变动因素而编制的预算。这种方法简单、便于理解，但缺乏灵活性，适用于业务量平稳、变动幅度不大的企业。

2) 弹性预算法。以正常情况为基准，考虑相关范围内几个变化水平的预算方案。这种方法灵活，例如销售量在某月变化时可以根据变化幅度选择预算体系。

3）零基预算。这种编制方法不考虑上期情况，而根据现状分析，每次编制预算都从零开始。这种方法合理、效益高但编制过程烦琐耗时，适合研发部门使用。

2. 预算执行控制

（1）预算控制主体。企业应建立严密的预算监控机构，即预算控制主体，以保证全方位的预算控制。而预算系统具有的全面性和系统性以及成本、能力等因素的制约，使得企业难以通过设置一个专门的预算监控机构来承担预算控制的重任。因此，有效的控制方式应该是自我控制和管理控制相结合。这就决定了预算组织机构即为预算的控制主体。与预算组织机构相对应，预算控制也是分三个层次展开的。

第一层次是预算管理委员会。预算管理委员会是全面预算管理的领导机构，自然应作为最高级别的控制主体承担其监控职责。

第二层次是预算管理机构。预算管理机构对企业预算执行情况进行日常监督和控制，收集预算执行信息，形成分析报告。一般由财务总监负责。财务部的地位决定其理应成为预算监控中心和预算信息反馈中心。

第三层次是各责任中心。各责任中心既是预算的执行者，又是预算执行的监控者。各责任中心包括所有基层预算人员在各自职权范围内以预算指标作为生产经营行为的标准，如果超越预算，要向上级责任中心申请报批。各责任中心的专职预算员记录任务实际完成情况，同预算指标比较，进行自我分析，上报上级管理人员采取相应措施。

（2）预算控制流程。

1）预算指标的分解与下达。年度预算经过董事会批准后，需要分解为月度预算，有条件的企业，还可以分解到天，以保证预算的有效执行。企业将分解后的预算指标下达给各责任中心，以此作为对责任主体的硬约束。

2）业务执行。各预算责任部门以预算指标作为业务活动的标准，本月无法完成的预算可以留转下月执行，但要单独列示。各预算责任部门应指定专职或兼职预算管理员，登记预算台账，形成预算执行统计记录，并定期与财务部门核对。

3）业务审批。业务审批要素包括审批权限、审批依据和审批责任。对于预算业务申请，首先要划分预算内和预算外支出。如果属于预算内支出，则限额内实行责任人审批制，限额外由主管业务副总经理及以上人员审批。

预算外支出需要提交预算委员会审议。

4）财务审核。财务部门对各级业务部门的日常业务进行财务监督和审核。财务审核的重点是财务支出，尤其是成本支出和资本性支出。对于预算限额外支出，业务副总审批通过后，财务总监还要检查审批程序是否合规、合法，并签署意见。

（3）预算信息反馈。预算信息反馈是指预算指标执行情况的报告制度，包括预算责任报告体系和预算报告例会制度。

1）预算责任报告。预算责任报告是对预算执行情况进行汇总和比较分析的正式报告，是预算控制的有机组成部分。预算责任报告坚持"谁执行谁编制"的原则，各预算责任部门负责编制责任报告，财务部门将其汇总后，上报预算管理委员会。不同责任中心的责任范围不同，预算报告的具体项目也有所差别，但一般都包含以下四项内容，即预算数、实际数、差异额和预算完成率或差异率。

2）预算报告例会制度。预算报告例会制度是指，公司应定期召开预算例会，汇报预算的完成情况，以及执行过程中需要解决的问题。例会召开的时间根据企业的实际状况和需求而定。通常企业会在月末、季末和年末召开预算例会。为了提高效率，预算例会可以结合业务例会进行。

3. 预算考评控制

预算考评以责任中心为考评主体，以预算指标为依据，定期比较预算执行结果与预算指标的差异，分析差异形成的原因，据以评价责任中心的工作业绩，并按照奖罚制度对各预算责任人进行考核与激励。

预算考评是对企业各级责任主体预算执行情况的考核和评价。从预算考评的方式看，可以分为动态考评和综合考评；从预算考评的内容和性质看，又可分为过程监控和结果评价。预算考评一般分两个阶段进行，即预算执行过程的动态考评和预算期末的综合考评。

（1）预算执行中的动态考评。在预算执行过程中开展预算考评，能够及时提供各级责任主体预算执行情况的信息，通过差异分析，及时纠正行为偏差，督促其落实预算任务。预算差异分析包括四个步骤：首先，确定差异分析对象和差异分析方法，一般针对金额较大、性质特殊的差异进行分析，具体分析项目的确定视企业情况而定。其次，收集企业内部和外部资料，计算差异数额。第三，进行差异分析。确定差异原因是差异分析的重点。在此，关键是确定责任的"可控"与否。最后，根据差异分析结果，考虑可能采取的应对措施。

（2）预算期末的综合考评。在预算期末，对全面预算管理一年的运行进行总结和综合评价，为下一次准确地编制和有效地运行预算积累经验。预算期末考评应与企业的绩效考核和激励机制结合起来，分为高级经理、责任中心和基层员工等多个考核层次，并据此进行相应的奖励与惩罚。

预算考评通常采用定性考核和定量考核相结合、财务指标和非财务指标相结合的方式。既然预算考评是对预算目标实现和预算责任履行情况的考核，自然考核指标应与预算目标和责任指标相对应。定量考核就是对各责任主体预算责任指标和预算目标的实际执行情况进行差异分析，根据分析结果决定奖惩措施。定量考核侧重于结果评估和数量考核。定性考核则是对在全面预算管理实施过程中表现优异和突出的部门和个人进行奖励，偏重于行为评估。

财务指标在预算考核占据主导地位，但是财务指标的局限性也是显而易见的，它过多关注过去的经营业绩而忽视未来的发展，片面分析管理者容易误导经营行为，评价指标注重企业内部而忽视外部市场竞争。因此，在预算考评中很有必要引入非财务指标，它更加注重企业的未来成长、战略发展和外部市场，促使经营者加强内部管理和员工的培训，加大市场开拓力度。

案 例

华润集团全面预算体系卓有成效

华润（集团）有限公司（以下简称"华润集团"）的前身是1938年成立的香港联合行，1948年12月，更名为华润公司。1983年，华润公司改组并注册为华润（集团）有限公司。华润植根香港超过半个世纪，一直秉承开放进取、携手共创美好生活的理念。经过许多年的努力，已发展成为中国内地和香港特区最具实力的多元化控股企业之一。华润集团从事的行业都与大众生活息息相关，主营行业包括零售、地产、啤酒、食品加工及经销、纺织、微电子、石油及化学品分销、电力、水泥等，并在通信、基础建设等领域进行策略性投资。

华润集团近年来积极探索，在推进战略管理的过程中，尝试全面预算管理的创新实践，以全面预算保障业务战略的落实和行动计划的执行，通过合理分配资源，加强集团整体的计划、协调、沟通和学习，并收到了一定成效。

全面预算体系是华润集团企业管理整体系统的重要组成部分，经过几年来运行过程上的不断思考和改进，特别是通过近两年的管理创新，预算的作用得到了较好的体现：

（1）聚焦业务战略。预算不只是财务部门的工作，经营预算和资本支出预算都由业务部门主导编制，是企业层面的战略性资源分配。更重要的是，预算不再是短期的财务安排，而是长期的战略细化，是业务战略的具体落实。预算是战略导向的预算，是战略细化驱动的预算，是战略行动方案依托的预算，预算强调的重点是关注业务单元的长期战略是否通过年度预算得到落实，现有预算是否支持行动计划，由此也就有可能避免资源分配的无序和企业的短期行为。

（2）减少讨价还价。预算不再是评价的直接对象或主要依据，预算导向的是战略落实，而业绩评价强调的是对战略执行的检讨，强调财务与非财务等多方面的关键业绩，反而对预算指标看得不是很重，评价更多地导向超越历史、瞄准标杆，是自身实实在在的进步和行业领导地位的追赶，而不是引致业务单元通过讨价还价来确立容易达到的虚拟标准，更不是诱导经理人刻意争取预算指标的极小化。

（3）强调过程管理。预算本身评价的淡化使得过程管理更加重要，预算成为战略导向的过程控制，业务单元不再被静态的预算目标框住，重要的是利用预算的动态过程来增进学习、鼓励问题解决和提高适应性，由此引导企业研究市场和把握市场，优化内部流程，不是因为预算管理而限制自己，而是让企业根据市场变化来进行动态调整和实施行动计划，以适用多变的市场环境，实现战略目标。

4.5 财产保护控制

问题一：何谓财产保护控制？

财产保护控制要求企业限制未经授权的人员对财产的直接接触和处置，采取财产记录、实物保管、定期盘点、账实核对、财产保险等措施，确保财产的安全完整。

问题二：财产保护控制包括哪些措施？

1. 限制接近

限制接近是内部控制中一条重要的原则，是指对接近财产的限制，规定只有经过严格授权的人员才能接触财产，旨在划清责任、减少舞弊的发生。

（1）现金的限制接近。现金要与有关现金的记账人员相分离，其管理可限于指定的出纳人员范围之内，而且要对其实行保护措施，平时将现金放在保险箱并由出纳员保管钥匙。

（2）单据、证券以及易变现资产的限制。支票、汇票、发票、收据等非现金财产一般采用确保两个人同时接近资产的方式加以控制，可以在银行或信托公司租用保险柜存放应收票据和有价证券。

（3）存货的限制接近。对存货的保护可采取把存货放于仓库并由专职仓库保管人员看管的方式，安装监视系统及防火、防盗等安全措施。

2. 财产清查

财产清查是会计核算工作的重要制度，又是加强财产物资管理的一项重要制度。财产清查是通过定期或不定期，全面或部分地对各项财产物资进行实物盘点和对库存现金、银行存款、债权债务进行清查核对的一种制度。修订后的《中华人民共和国会计法》规定，各单位在内部会计监督制度中应当明确"财产清查的范围、期限和组织程序"，即不仅要建立财产清查制度，而且要明确规定财产清查的范围、期限、组织程序。

（1）确定财产清查范围。清查范围包括存货、现金、票据、有价证券以及固定资产等财产。

（2）定期清查和抽查相结合。由于财产清查是进行账实、账款核对，检查其一致性，所以财产清查应该在每个会计年度财务会计报告之前进行一次全面财产清查，另外企业可以根据自身需要安排抽查。

（3）财产清查的程序。清查日期和范围都确定后，组织一个清查小组进行清点财产、核对账目、分析差异的形成原因并追查相关责任人的责任。

3. 财产保险

通过对资产投保增加实物受损后的补偿机会，从而保护实物的安全，如火灾险、盗窃险和责任险。

4. 财产记录监控

企业应建立资产档案，对资产增减变动进行及时、全面的记录。例如，固定资产可以实行核算卡制，对每项资产设立一式三份的核算卡片，使用部门、会计部门和经管部门各执一份。在卡片上，填写关于该项固定资产的各种属性信息，包括资产编号、名称、型号、购置成本、购置日期等。当固定资产发生维修、附件增减变动以及处置时，在核算卡上予以记录。

企业还应加强对财产所有权证的管理。注意核对所有权证上财产所有人的名称与企业名称是否相符，如果两者不一致，必须查明原因，并及时更正。

4.6 会计系统控制

问题一：何谓会计系统控制？

会计系统控制要求企业依据《中华人民共和国会计法》、国家统一的会计制度，制定适合本企业的会计制度，明确会计凭证、会计账簿和财务报告以及相关信息披露的处理程序，规范会计政策的选用标准和审批程序，建立、完善会计档案保管和会计工作交接办法，实行会计人员岗位责任制，充分发挥会计的监督职能，确保企业财务报告真实、可靠和完整。

问题二：会计系统控制有哪些功能？

（1）会计系统控制通过不相容职务的分离可以防弊查错，保护企业资产的安全、完整。

（2）会计系统控制通过每项业务处理程序、各环节的职责分工、审批稽核手续、业务处理手续等过程，做到证证、账证、账账、账表、账实相符，促使各业务部门和人员建立有机的协作关系和制约关系，提高责任感和工作效率，从而确保会计信息的质量。会计系统控制为财务管理、会计管理和企业管理提供真实、准确、完整的会计信息。

问题三：如何进行会计系统控制？

会计系统规定企业各项管理活动和经济业务的确认、归集、分析、分类、记录和编报的方法。健全、正确的文件与会计记录既是组织规划控制、授权批准控制的手段，又是企业保持工作效率、贯彻企业经营方针的基础。企业应对重要决策、重大交易和内部控制制度进行文件记录。会计系统控制内容主要有：

（1）选择适用的会计准则和相关会计制度。管理层应当选择适用的会计准则和相关的会计制度。就会计主体而言，民间非营利组织适合采用《民间非营利组织会计制度》；事业单位通常适用《事业单位会计制度》；而企业根据规模和行业性质，分别适合采用《企业会计准则》、《企业会计制度》、《金融企业会计制度》、《小企业会计制度等》。

（2）选择和运用恰当的会计政策。企业会计政策是指企业在会计确认、计量和报告中采用的原则、基础和会计处理方法。管理层应当根据企业的具体情况，选择和运用恰当的会计政策。

（3）根据企业具体情况，做出合理的会计估计。会计估计是指企业对其结果不确定的交易和事项以最近可利用的信息为基础所做出的判断。

（4）采用流程图的方式编制业务流程手册。业务流程图是由特定的符号组成，反映业务处理程序及部门之间相互关系的图表。它既是企业管理的有效工具，也是评价内部控制的重要手段。相关人员应充分理解企业的业务流程，清楚自己在整个业务流程中的地位。

（5）文件和凭证连续编号。企业对业务处理的文件记录和凭证应连续编制相应的号码，凡有条件的均应事先编号。文件和凭证编号便于业务查询，也可避免业务记录的重复或遗漏，并在一定程度上防范虚假舞弊行为的发生。如，企业应对各种合同进行分类编号，对支票和现金支付申请单以及物品出、入库单事先编号。

（6）建立和完善会计档案保管工作。会计档案是指会计凭证、会计账簿和会计报表等会计核算专业材料，它是记录和反映经济业务的重要史料和证据。每年形成的会计档案，都应由财务会计部门按照归档的要求，负责整理立卷或装订成册。当年形成的会计档案，在会计年度终了后，可暂由本单位财务会计部门保管一年。期满之后，原则上应由财务会计部门编制清册并移交本单位的档案部门保管。财务会计部门和经办人必须按期将应当归档的会计档案，全部移交给档案部门，不得自行封包保存。企业应建立的基本会计档案及其保管年限具体参见表4-1。

（7）建立会计岗位制度。一个企业通常可以根据实际需要设置会计主管、出纳、流动资产核算、固定资产核算、投资核算、存货核算、工资核算、成本核算、利润核算、往来核算、总账报表、稽核、综合分析等岗位。这些岗位可以一人一岗，一人多岗，也可以一岗多人。企业单位在建立会计人员岗位责任制时，应注意以下几个原则：

1）要从实际出发，坚持精简的原则，切实做到事事有人管，人人有专责，办事有要求，工作有检查，保证会计工作有秩序地进行；

2）要同本单位的经济（经营）责任制相联系，以责定权，责权明确，严格考核，有奖有惩；

3）要从整体出发，发扬互助协作精神，紧密配合，共同做好工作。

表4-1 会计档案及其保管期限表

序号	档案名称	保管期限	备注
一	会计凭证类		
1	原始凭证	15年	
2	记账凭证	15年	
3	汇总凭证	15年	
二	会计账簿类		
4	总账	15年	包括日记总账
5	明细账	15年	
6	日记账	15年	现金和银行日记账25年
7	固定资产卡片		固定资产报废清理后5年
8	辅助账簿		
三	财务报告类	包括各级主管部门	
9	月、季度财务报告	3年	包括文字分析
10	年度财务报告（决算）	永久	包括文字分析
四	其他类		
11	会计移交清册	15年	
12	会计档案保管清册	永久	
13	会计档案销毁清册	永久	
14	银行余额调节表	5年	
15	银行对账单	5年	

4.7 内部报告控制

问题一：何谓内部报告控制？

报告是一种传达信息的方式，用以防止和减少风险，为管理层提供目标完成情况、预算状况及各种值得关注的问题等信息。企业建立报告制度可以强化各种行为和决策的责任。 内部报告控制要求企业建立和完善内部报告制度，明确相关信息的收集、分析、报告和处理程序，及时提供业务活动中的重要信息，全面反映经济活动情况，增强内部管理的时效性和针对性。内部报告方式通常包括例行报告、实时报告、专题报告、综合报告等。

问题二：怎样建立和完善内部报告体系？

内部报告体系的建立应体现部门或员工的管理责任，符合"例外管理"

的要求，报告的形式和内容要简明易懂，并要统筹规划，避免重复。内部报告要根据管理层次设计报告频率和内容的详简程度。一般来说，对于企业高层而言，报告时间间隔较长，内容须从重、从简；对于基层和业务层而言，报告时间间隔短，内容应详细、全面。

常用的内部报告有：①资金分析报告，包括资金日报、借款还款进度表、贷款担保抵押表、银行账户及印鉴管理表、资金调度表等。②经营分析报告。③费用分析报告。④资产分析报告。⑤投资分析报告。⑥财务分析报告等。通过定期内部报告，管理者查看各报表数据是否相互勾稽，财务比率是否合理，能够及时发现异常现象，从而加强控制。

4.8 经济活动分析控制

问题一：何谓经济活动分析控制？

经济活动分析控制要求企业综合运用生产、购销、投资、财务等方面的信息，利用比较分析、比率分析、因素分析、趋势分析等方法，定期对企业经营管理活动进行分析，发现存在的问题，查找原因，并提出改进意见和应对措施。

问题二：如何进行经济活动控制？

1. 比较法

这是报表分析最基本、最普遍使用的方法。它可用于本公司历史数据的比较，找出变动趋势；它也可用于与本行业的其他上市公司进行比较，看公司在本行业中的竞争力；它还可用于与本行业的总体指标比较，看公司在本行业中的地位，如将企业的销售收入与行业的总销售额比较，可以看出企业占有多大的市场份额。

2. 比率法

通过财务报表中的大量数据可以计算出很多有意义的比率，对这些比率进行分析可以了解企业经营管理各方面的情况。常用的财务比率有如下几种。

（1）反映企业变现能力的比率有流动比率和速动比率。流动比率是流动资产与流动负债之比。该比率过低容易产生短期偿债风险；过高则说明企业资金营运政策过于保守，或者企业存在存货积压，产品市场前景暗淡。但合理的流动比率在不同行业中的差别很大，所以最好与行业的平均水平比较。速动比率是从流动资产中剔除了存货后与流动负债的比值，能较好地衡量公司的短期偿债能力。

（2）反映企业资产运营效率的比率有总资产周转率、存货周转率、应收账款周转率等。资产的周转率愈高，利用相同的资产在一年内给公司带来的收益愈多。

（3）反映财务杠杆效应的比率主要是资产负债率。资产负债率高是高风险的财务结构，在相同每股收益情况下，股东往往要求更高的回报，故股价较低。但这也并非绝对，规模较大的公司因为有良好的信用，并且可以以较低的成本借入较多的资金，在资产负债率较高的情况下也认为是比较安全的，故对股价不会有太多的负面影响。

（4）反映企业盈利能力的指标主要有销售毛利率、销售净利率、资产净利率与净资产收益率。在分析企业盈利能力时，应当排除证券买卖等非正常项目、已经或将要停止的营业项目、重大事故或法律更改等特别项目、会计准则和财务制度变更带来的累计影响项目，因为这些项目往往是不可持续的。

3. 因素分析法

因素分析法又称连环替代法，它用来计算几个相互联系的因素对综合财务指标影响的程度。通过这种计算，可以衡量各因素项目对综合指标影响程度的大小。如前面比率法中提到的最重要的比率——净资产收益率，它可分解成销售净利率、资产周转率与权益乘数的乘积；通过两年的分解后数据对比可以找出影响企业净资产收益率增减变化的主要因素，通过对这一因素的持续性进一步分析，还可以预测企业下一年度的盈利状况。

案 例
同仁堂借财务分析"慧眼"发现经营薄弱环节

同仁堂股份有限公司（以下简称同仁堂）利用财务报表分析中的比率分析和趋势分析对企业的综合财务状况进行评估和财务诊断，寻找影响企业目标实现的症结所在，从而使控制活动更加有的放矢。

盈利能力和水平是经营目标的重要内容之一，因此，同仁堂首先从盈利能力分析入手（见表4-2）。

表4-2 2001～2004年盈利能力财务比率 　　　　　　　　　（%）

比率名称 ＼ 年份	2001	2002	2003	2004
销售毛利率	40.57	44.03	47.38	46.73
营业利润率	16.19	16.64	17.03	17.83
净资产收益率	14.47	16.00	12.74	13.39
总资产收益率	9.21	10.41	8.54	9.10
管理、销售费用/销售额	23.40	26.06	29.54	27.64

从表4-2中可以看出，2001～2004年营业利润率呈稳步上升趋势，同时销售毛利率和管理、销售费用率也在逐年上升，这说明随着同仁堂致力于营销改革，调整产品战略和统一产品质量标准，产品盈利能力增强。一方面产品获利能力提高（销售毛利率上升），另一方面管理和销售费用占销售额的比重适度增长，公司认为这一增长是合理和正常的，由于销售的增长高于相应成本和费用的增长，所以最终营业利润率表现为上升趋势。

此外，我们还可以看出，企业大部分的ROE来自于经营活动，这说明企业的盈利质量比较高，因为只有经营活动的收益才是持久的、稳定的。所以说企业的盈利能力还是较好的。但是，必须承认，净资产收益率和总资产收益率指标逐年下降，虽然在2004年略有回升，但仍比较低。管理层分析认为，可能有三个方面的原因，一是融资成本加大，二是投资收益下降，三是资产经营效率下降。通过比较连续四年的利润表，我们发现，净利润持续上升，而财务费用和投资收益变化较大，在四年中有升有降。因此，初步推断，可能是公司的资产运营效率比较低，具体分析需要结合营运指标作进一步说明。

同仁堂进一步对公司营运能力展开分析（见表4-3）。

表4-3 2001～2004年营运能力比率

比率名称 ＼ 年份	2001	2002	2003	2004
应收账款周转率	11.19	12.79	11.90	11.57
应收账款周转天数	32.16	28.15	30.25	31.11
存货周转率	1.24	1.18	1.10	1.15
存货周转天数	291.13	306.09	327.72	313.04

总体上看，同仁堂的资产营运能力有些不足，各项资产的周转较慢。应收账

款周转率在2002年得到改善，从2003年开始，有所下降，但其周转率水平还比较合理。主要问题是存货周转率亟待提高。从表4-3中我们可以看到，存货周转天数明显过长，与销售量相比，存货明显过多。如果平均存货可用于一年的销售，那么公司很可能存在存货积压的情况。而由于中药特性，过期中药的价值要远远低于账面价值，考虑处置成本，其价值甚至可能是负的。虽然中药没有明确的保质期，但时间过长药品就会失效或变质，所以每隔一段时间都需要及时调整存货的管理，加大销售量，缩短存货周转天数。

通过财务分析，同仁堂发现，资产周转速度，特别是存货周转率是导致公司盈利水平下降的主要原因，因此，未来控制的重点在于改进销售模式，加快资产周转率。

4.9 绩效考评控制

问题一：何谓绩效考评控制？

绩效考评控制要求企业科学设置业绩考核指标体系，对照预算指标、盈利水平、投资回报率、安全生产目标等方面的业绩指标，对各部门和员工当期业绩进行考核和评价，兑现奖惩，强化对各部门和员工的激励与约束。

问题二：建立绩效考评体系有何意义与作用？

绩效考评制度是解决企业内部公平的必要条件。激励中的一个重要因素是个人对报酬结构是否觉得公平。亚当斯的公平理论认为，个人会主观地将他的投入（包括诸如努力、经济、教育等许多因素）同别人相比来评价是否得到公平或公正的报酬。企业要解决公平问题，依赖的就是绩效考评制度。优秀的绩效考评制度，可以有效地甄别出雇员对企业的贡献并予以相应的激励，从根源上解决不公正，使得雇员能够积极、充分地发挥主人翁的作用，履行自己的义务和责任。在其通过努力获得自身效用最大化的同时，也使得企业获得了效用最大化。这是双赢的局面，雇员与企业之间的双赢，上司与下属之间的双赢。它是建立在双赢的博弈基础上的"利益共同体"。

问题三：如何进行绩效考评控制？

目前，国内许多企业认识到绩效考评的重要性，积极学习和借鉴国外先进的绩效考评理论和方法，如引入目标管理、360度绩效反馈等考核方法。应将这些考核方法与我国文化背景和企业具体情况结合起来，必须从企业的实际情况出发，努力探索出一套科学、合理和完善的绩效考评体系，包括考核的目的、原则、程序和方法，这样才能提高绩效管理的成效，造就出一批能征善战的人才队伍，以使企业在激烈的市场竞争中赢得长期发展优势。

1. 360度反馈体系

最近的一项调查显示，入选《财富》的1 000家企业中，超过90%的企业已将360度反馈评价体系的某些部分运用于职业发展和绩效中，如IBM、摩托罗拉、诺基亚、福特、迪士尼、西屋、麦当劳等。360度反馈体系的目的在于通过获得和使用高质量的反馈信息，支持与鼓励员工不断改进与提高自己的工作能力、工作行为和效绩，以使组织最终达到管理或发展的目的。

360度反馈也称全景式反馈或多元评价，是一个组织或企业中各个级别的、了解和熟悉被评价对象的人员（如直接上级、同事及下属等），以及与其经常打交道的内部顾客和外部顾客对其绩效、重要的工作能力和特定的工作行为和技巧等提供客观、真实的反馈信息，帮助其找出组织及个人在这些方面的优势与发展需求的过程。

2. 目标管理体系

早在40年前，著名管理学家彼得·德鲁克就在他的《管理实践》一书中提出了目标管理这一思想。它的精要之处就在于提供了一种将组织的整体目标转化为组织单位和每个成员目标的有效方式。最初，目标管理这一思想只是应用于企业管理中的计划工作中。后来，这一方法不仅在计划工作中得到了广泛应用，同时也成了绩效考评的一种有效手段，是对管理人员和专门职业人员进行绩效考评的首选方法。

这种方法把员工是否达到由员工和管理人员共同制定的目标作为依据。具体是指员工与其上司协商制定个人目标（如生产成本、销售收入、质量标准、利润等），然后以这些目标作为对员工考评的基础。目标管理考评体系的整个过程实际上是一个循环系统即从企业共同目标，到部门特定目标，最后到个人目标。经验研究表明，这一方法有助于改进工作效率，而且还

能够使公司的管理者根据迅速变化的竞争环境对员工进行及时的引导。

3. 关键绩效指标（KPI）评价法

关键绩效指标（key performance indicator, KPI）是通过对组织内部某一流程的输入端、输出端的关键参数进行设置、取样、计算、分析，衡量流程绩效的一种目标式量化管理指标，是把企业的战略目标分解为可运作目标的工具，是企业建立完善的绩效体系的基础，是管理中"计划－执行－评价"中的"评价"不可分割的一部分，反映个体与组织关键绩效贡献的评价依据和指标。

关键绩效指标是用于衡量被评价者绩效的定量化或定性化的标准体系。定量的关键绩效指标可以通过数据来体现，定性的关键绩效指标则需通过对行为的描述来体现。关键绩效指标体现绩效中对组织目标的增值部分。这就是说，关键绩效指标是连接个体绩效与组织目标的一个桥梁。关键绩效指标是针对对组织目标起到增值作用的工作产出来设定的，基于这样的关键绩效指标对绩效进行评价，就可以保证真正使得对组织有贡献的行为受到鼓励。

4. 图尺度评价法

图尺度评价法是最简单和运用最普遍的工作绩效评价技术之一。它列举出一些绩效构成要素（如"工作质量"和"工作数量"）和工作绩效等级（如"优、良、中、差、劣"），在进行工作绩效评价时，首先针对每一位员工从每一项评价要素中找出最能符合其绩效状况的分数。然后将每一位员工所得到的所有分值进行加总，即得到其最终的工作绩效评价结果。

当然，许多企业并不仅仅停留在对一般性工作绩效因素（如"工作质量"和"工作数量"）的评价上，它们还将作为评价标准的工作职责进行进一步分解，形成更详细和有针对性的工作绩效评估表。一般职责标准都是从工资说明书中选取出来的，职责的重要性以百分比的形式反映出来。在图尺度评价表中一般还会在每项评价因素后留一个空白地，留给评价人做一般性说明，这一方法在对被评价者的一些一般性绩效进行评价时是非常有用的。

5. 平衡计分卡评价法

平衡计分卡的核心思想是通过财务、客户、内部经营过程、学习与成长四个指标之间相互驱动的因果关系展现组织的战略轨迹，实现绩效测评——绩效改进以及战略实施——战略修正的目标。平衡计分卡的绩效测评评价指标既包含财务指标，同时又通过客户满意度、内部经营程序及组织的学习与成长等非财务指标来补充财务指标，并与这些处在因果关系链上的非财务指标共同作为公司"未来财务绩效的驱动器"。这些财务与非财务的测评指标都来源于企业的战略，是对它们自上而下进行分解的结果，这样，在战略与目标之间就形成了一个双向的形成与改进循环。

平衡计分卡不仅为企业提供了一种创新的绩效测评系统框架，同时也为企业的战略管理与绩效测评之间建立系统的联系提供了思路与方法，使绩效测评体系成为企业战略管理的组成部分。但是，平衡计分卡也有缺陷，一是没有提出支持集团战略与集团下属各战略业务单位战略之间实现动态调整的理论框架；二是无法解决一个战略业务单位内部个人绩效测评的问题。

6. 行为锚定等级评价法

行为锚定等级评价法是近年来日益得到重视的一种绩效方法。这种方法结合了关键事件法和评分表法的主要要素；考评者按某一序数值尺度给各项指标打分，不过，评分项目是某人从事某项职务的具体行为事例，而不是一般的个人物质描述。

行为锚定等级评价法侧重于具体且可衡量的工作行为，它将职务的关键要素分解为若干绩效因素，然后为第一绩效因素确定有效果或无效果行为的一些具体实例。其结果可以形成诸如"预测"、"计划"、"实施"、"解决眼前问题"、"贯彻执行命令"以及"处理紧急情况"等的行为描述。举个例子来说，对于"按资历对加班任务作公平分配"以及"告诉工人们如果有问题随时可以来和他谈"这类的叙述，一位经理对其属下的基层监督人员可以用5分制尺度中的0分（几乎从不）或者4分（几乎总是）做出评价。

案 例

通用（中国）绩效考核制度

通用电气公司名列全球500强第一位，完善的管理、辉煌的业绩，使其得到全球范围的尊敬，1998～2000年被评为：《财富》全球最受推崇的公司；《金融时报》

全球最受尊敬的公司；《财富》全美最受推崇的公司；《财富》美国最大财富创造者；《商业周刊》最大100家公司首位；《福布斯》世界超级100家公司首位；通用电气公司总裁韦尔奇被评为"世纪经理人"。

通用公司这艘企业界航空母舰的管理之道，一直被人们奉为管理学的经典之作，而GE的考核制度则是其管理典籍中的重要篇章，从通用（中国）公司的考核制度可以发现GE考核秘笈的重点所在。

通用（中国）公司的考核内容包括"红"和"专"两部分，"专"是工作业绩，指其硬性考核部分；"红"是考核软性的东西，主要是考核价值观。这两个方面综合的结果就是考核的最终结果，可以用二维坐标来表示。

年终目标考核有四张表格。前三张是自我鉴定，其中第一张是个人学历记录；第二张是个人工作记录（包括在以前的公司的工作情况）；第三张是对照年初设立的目标自评任务的完成情况，根据一年中的表现，取得的成绩，对照通用公司的价值观、技能要求等，确定自己哪方面是强项，哪些方面存在不足，哪些方面需要通过哪些方式来提高，需要得到公司的哪些帮助，在未来的一年或更远的将来有哪些展望等；第四张是经理评价，经理在员工个人自评的基础上，参考前三张员工的自评，填写第四张表格，经理填写的鉴定必须与员工沟通，取得一致的意见。如果经理和员工有不同的意见，必须有足够的理由来说服对方，如果员工对经理的评价有不同的意见，员工可以与经理沟通但必须用事实来说话；如果员工能够说服经理，经理可以修正其以前的评价意见；如果双方不能取得一致，将由上一级经理来处理。在相互沟通、交流时必须用事实来证明自己的观点，不能用任何想象的理由。

通过绩效考核可以发现员工的优点与不足，激励与提高员工，从而有效地提高组织的效率，考核的结果与员工第二年的薪酬、培训、晋升、换岗等利益相联系。

总之，通用（中国）公司的考核工作是一个系统的工程：包括目标与计划的制定，良好的沟通，开放的氛围，过程考核与年终考核结合，信息的及时反馈，考核与员工的利益紧密联系，强调通用（中国）公司的价值观，领导的支持，管理层与一般员工的积极参与，有一个制度来保证等。

问题四：为什么需要进行绩效沟通？

持续的绩效沟通对于管理层和员工都有着非常重要的意义。对于管理层来说，通过沟通可以帮助员工提升能力；有助于考核者全面了解被考核员工的工作情况，掌握工作进展信息，并有针对性地提供相应的辅导、资源；使考核者能够掌握评价的依据，有助于上司客观公正地评价下属的工作绩效；有助于提高考核工作的有效性，提高员工对绩效考核、对与绩效考核密切相关的激励机制的满意度。对于员工来说，通过沟通可以在工作过程中不断得到关于自己工作绩效的反馈信息，如客户抱怨、工作不足之处或产品质量等信息，以便不断改进绩效、提高技能；帮助员工及时了解组织的目标调整、工作内容和工作的重要性发生的变化，便于适时变更个人目标和工作任务等；能够使员工及时得到上司相应的资源和帮助，以便更好地达成目标，当环境或任务以及面临的困难发生变化时，不至于处于孤立无援的境地。

问题五：怎样进行绩效沟通？

绩效沟通的方法可分为正式沟通方法与非正式沟通方法两类：

1. 正式沟通方法

正式沟通方法是事先计划和安排好的，如定期的书面报告、面谈、有经理参加的定期的小组或团队会议等。

（1）定期的书面报告。员工可以通过文字的形式向上司报告工作进展、反映发现的问题，主要有：周报、月报、季报、年报。当员工与上司不在同一地点办公或经常在外地工作的人员可通过电子邮件进行传送。书面报告可培养员工理性、系统地考虑问题，提高逻辑思维和书面表达能力。但应注意采用简化书面报告的文字，只保留必要的报告内容，避免烦琐。

（2）一对一正式面谈。正式面谈对于及早发现问题，找到和推行解决问题的方法是非常有效的；可以使管理者和员工进行比较深入的探讨，可以讨论不易公开的观点；使员工有一种被尊重的感觉，有利于建立管理者和员工之间的融洽关系。但面谈的重点应放在具体的工作任务和标准上，鼓励员工多谈自己的想法，以一种开放、坦诚的方式进行谈话和交流。

（3）定期的会议沟通。会议沟通可以满足团队交流的需要；定期参加会议的人员相互之间能掌握工作进展情况；通过会议沟通，员工往往能从上司口中获取公司战略或价值导向的信息。但应注意明确会议重点，注意会议的频率，避免召开不必要的会议。

2. 非正式沟通方法

非正式沟通是未经计划的，其沟通途径是通过组织内的各种社会关系。其形式如非正式的会议、闲聊、走动式交谈、吃饭时进行的交谈等。非正式沟通的好处是形式多样、灵活，不需要刻意准备；沟通及时，问题发生后，马上就可以进行简短的交谈，从而使问题很快得到解决；容易拉近主管与员工之间的距离。

绩效沟通的内容包括以下6个方面：

（1）阶段工作目标、任务完成情况。应对照绩效考核表、岗位说明书和工作计划，就每项工作完成情况进行沟通，上级主管可以就岗位职责、各项指标的完成情况进行逐项讨论、确定。这主要是对员工过去一个阶段绩效考评结果交换看法，以寻求达成共识。

（2）完成工作过程中的优良表现。主要是挖掘下属工作中的闪光点，最好列出具体事例加以证明。这项沟通要求主管注意观察和发现员工在日常工作中表现出的优秀方面，及时给予表扬和奖励，以扩大正面行为带来的积极影响。要做到这一点，主管首先要切实发现员工身上的闪光点，如一些不是员工职责范围内的事情（哪怕再小的事情）员工主动去完成，对待工作完成结果超出标准或预期很多等。但要注意不要表扬一些不值得表扬的行为，如员工应该做到的事情。其次要注意表扬一定要具体，表扬的内容要以事实为依据，态度要明确。

（3）指出需要改进的地方。应针对具体问题，明确指出员工工作过程中哪些地方做得不到位，哪些地方还可以提高。请员工本人分析存在问题的原因，描述下一步该如何克服和改进，同时提出自己的建议。

（4）描述公司领导或他人对下属工作的看法和意见。对正面的反馈，一定要及时告知员工具体表扬人和内容，并向员工为部门争得的荣誉表示感谢。对于负面的反馈，可以转述反馈的内容，根据不同情况（事实严重程度、员工个性特点等），确定是否需要说明反馈部门或人员。询问员工对反馈意见的看法，帮助制定改进措施，或和员工一起向有关部门解释原因，通报解决方案等。

（5）协助下属制定改进工作的计划。帮助下属对需要改进的地方制定改进措施和行动计划，对实施过程中遇到的问题或需要的支持提供指导和帮助。

（6）下一阶段绩效工作目标、计划的制定和确认。要点在于和员工一起讨论、确定工作目标、完成进度表和检查考核计划，让员工对完成的目标、阶段性目标、何时反馈等有明确的认识。

4.10　信息技术控制

问题一：何谓信息系统控制？

信息系统控制要求企业结合实际情况和计算机信息技术应用程度，建立与本企业经营管理业务相适应的信息化控制流程，提高业务处理效率，减少和消除人为操纵因素，同时加强对计算机信息系统开发与维护、访问与变更、数据输入与输出、文件储存与保管、网络安全等方面的控制，保证信息系统安全、有效地运用。

问题二：为什么进行信息系统控制？

信息系统通常充分地运用到企业经营的各个方面，许多企业建立并不断更新基于网络的整个企业范围内的信息系统，系统的复杂性和整合性在不断延续。然而，信息系统的发展虽然加强了企业在整体层次上对业绩的计量和监控能力，提高了提交分析性信息的能力，但是，在战略和经营层次上对信息系统的依赖性势必为企业风险管理带来新的问题——信息安全故障及网络犯罪等。

问题三：如何实现信息技术的有效控制？

随着电子信息技术的发展，企业利用计算机从事经营管理的方式手段越来越普遍，尤其会计电算化和电子商务的发展对信息的安全性提出更严格的要求，为此，加强电算化的控制势在必行。信息系统的控制可分为一般控制及应用控制。

1. 信息系统的一般控制

信息系统的一般控制有助于确保系统持续、适当的运行，主要包括以下几个方面内容：信息系统的控制环境；系统的购买、开发和实施；系统的变更及维护；系统的安全管理；系统的操作及运行，下面我们分别进行说明。

（1）信息系统控制环境。控制环境是内部控制的基础，是有效实施内部控制的保障，直接影响着企业信息系统内部控制的贯彻执行。信息系统的控制环境包括企业信息技术的战略规划、信息系统管理人员素质、用户的培训教育等。为了能够建立一个良好的控制环境，企业应从以下几点着手进行：

1）企业根据业务需求，制定信息技术战略规划，并以此为基础开展信息系统建设工作；

2）企业应完善汇报审查机制，加强信息系统内部控制工作，明确岗位职责，加强培训；

3）企业应注重信息分类，数据及系统责任人认定，完善信息应用的制度建设、信息技术风险评估工作、监控工作及信息服务工作。

（2）新系统的购买、开发和实施。企业应制定一个流程，用于规范新系统的购买、开发和实施，以保证新系统项目的启动适合企业发展，系统功能、系统质量符合企业业务、内部控制的需要；同时还要加强培训保证员工能够正确、高效的使用该系统。这方面的工作主要有：①企业应对信息系统项目建立完善的项目管理文档，明确定义项目的目标、范围、计划、人员需求、组织构架及项目参与各方的职责；②建立完善的审批程序用以管理系统的购买、开发和实施；③加强对外部购买和自行开发的信息系统的质量控制；④数据转化及上线；⑤文档记录及培训。

（3）现有系统的变更及维护。企业在不断发展变化，信息系统也应随着企业的变化而不断更新。企业对于系统的变更及维护应做好如下几个方面的工作：①系统的日常维护；②应对变更；③通过测试实施质量控制；④制定系统变更上线计划；⑤文档记录及培训。

（4）安全管理。安全管理是要保证企业信息的完整性，包括诸多方面：①企业应设置信息安全管理机构，以保证信息的完整；②企业应制定完整、全面的信息安全管理政策和程序，加强对员工安全意识的教育和培训；③加强数据接触安全管理；④加强操作系统安全管理；⑤网络安全管理；⑥加强物理安全管理等。

（5）系统的操作及运行。信息技术部门派专人执行日常系统的维护，对出现的问题进行调查、分析和解决，并妥善记录。

2. 信息系统的应用控制

信息系统的应用控制主要关注数据的获取和处理的完整性、准确性、授权的有效性。为了能够达到以上目标，企业应采取以下措施：

（1）职责分离。内部控制的关键就在于不相容职务的分离，职责分离的基本要求就是业务活动的批准、记录、经办尽可能做到相互独立，在信息系统的管理中，尤为重要。据美国Compliance Week 2005年1月11日的报道，在2004年SEC上登记的上市公司最典型的问题之一就是职责分离SoD（Segregation of Duties）。根据业界最新的统计，截至2005年4月，在所有报告的实质性漏洞（material weakness）中，SoD一项就占了5%以上，因此必须对与财务报告相关的关键应用系统的用户进行合理的管理，以实现用户的授权适当和合理分工。

（2）人工控制。人工控制最首要的一点就是有效授权和职责分离，系统使用人员根据控制程序、各项规章制度判断业务活动的合理性、合法性和有效性，保证录入系统的交易活动或修改数据都经过授权；其次是对系统应用人员的培训，使他们能够熟练、准确有效地使用系统。

（3）自动控制。信息系统可以通过对数据类型的校验、重复输入校验、系统匹配等方式对应用系统的输入、处理和输出进行有效控制。

（4）数据保密。在使用信息系统过程中，企业可根据员工所承担的责任，分配其可登录网站查阅相关信息的权限。

背景资料　　　　美国《萨班斯－奥克斯利法案》
关于信息系统控制的规定

以《萨班斯－奥克斯利法案》为代表的法律对上市公司的内控体系建设提出了明确要求，作为内控体系建设主要内容的信息系统控制由此被提到了一个前所未有的高度。根据《萨班斯－奥克斯利法案》404条款，信息系统控制主要包括信息系统总体控制（general computer control，GCC）、应用系统控制（application control，AC）和电子表格控制三部分。

1. 信息系统总体控制

信息系统总体控制指的是内部控制中对信息系统相关部分的控制，它保证由信息系统支持的流程控制是可靠的，生成的数据和报告是可信的。信息系统总体控制涵盖了IT管理和运营所涉及的各个方面：

（1）控制环境：包括信息技术组织、人力资源管理、信息沟通、风险评估、监控等。

（2）信息安全：包括信息安全组织、逻辑安全、物理安全、网络安全、病毒防护、第三方管理、事件响应等。

（3）项目建设管理：包括方法论、立项审批、项目启动、需求分析、项目设计、系统开发实施、系统测试、数据移植、用户培训、文档管理、验收和上线后审阅、商业软硬件外购等。

（4）系统变更：包括日常变更、紧急变更等。

（5）信息系统日常运作：包括机房环境控制、日常监控、批处理作业调度管理、数据备份与恢复、问题管理等。

（6）最终用户操作：包括最终用户作业安全制度、电子表格管理等。

2. 应用系统控制

应用系统控制指的是业务流程中内嵌的信息系统相关控制，信息系统应用的潜在风险直接影响业务流程中的信息控制目标：

（1）完整性：所有的交易都经过处理，且只处理一次；不允许数据的重复录入和处理；例外情况的发现和解决。

（2）准确性：所有的数据（包括金额和账户）是正确和合理的；例外情况被及时发现以保证交易被记录在正确的会计期间。

（3）有效性：交易被适当授权；系统不接受虚假交易；异常情况被发现和处理。

（4）接触控制：未经授权，不得对系统或数据进行修改；数据保密性；物理设备的保护。

上市公司内部可能应用各类信息系统，进行应用系统控制之前，首先应对公司应用的信息系统进行判断，界定是否属于与财务报告相关的关键应用系统，判定原则包括：

（1）该应用系统是否用于进行有关重要交易事项的生成、授权、记录、处理或报告；

（2）该系统是否生成关键的表单和数据供财务部门使用，直接作为记账依据或生成财务报表；

（3）该系统是否生成关键的表单和数据为其他作为记账依据或生成财务报表的系统使用；

（4）对应用系统的依赖程度，即是否有来自系统的计算结果，应用系统中是否存在相应的计算、检查、核对过程的控制；

（5）上述应用控制是否是唯一依赖的控制措施，是否存在手工控制可以达到控制目标，弥补风险。

符合以上判断条件的与财务报告相关的关键应用系统应按照应用系统控制进行控制，控制分为5类，即访问控制、职责分离、输入控制、处理控制、输出控制。其中应用系统的用户权限管理和职责分离（Segregation of Duties，SoD），是内部控制的重要组成部分，也是《SOX法案》404条款要求的重点之一。

3. 电子表格控制

目前电子表格在上市公司的生产运营、信息管理、数据分析、财务核算与报告各个环节广泛运用。电子表格中的公式、宏及表间链接等功能增加了电子表格计算的复杂程度，同时也增加了电子表格数据完整性及计算准确性的风险。《SOX法案》404条款中的一个重点就是关注在编制和维护电子表格过程中的相关控制。即使相对简单的电子表格计算的一个偏差也可能会对财务报告及披露产生重大错报的风险。内嵌在电子表格中的宏或其他功能可能会严重影响电子表格中数据的准确性。公司需要对电子表格实施的控制是否能支持重大会计事项及披露进行谨慎的评估。

在《SOX法案》中需评价的电子表格是指由用户程序（如Excel、Access、Lotus等）编制的各种支持财务报告及披露的电子表格或文本文件，包括直接或间接作为财务记账依据的电子表格、用于财务相关信息核对的电子表格，以及支持财务信息披露的电子表格，所涉及的使用部门通常包括财务部门编制及使用的电子表格以及由其他业务部门传递至财务部门供其作为会计核算及报告披露依据的电子表格。

对电子表格的控制包括开发控制、变更控制、版本控制、存取控制、输入控制、安全控制、存储归档控制、备份控制、文档记录、权限控制、逻辑检查。

综合案例

神华集团神东煤炭内部控制制度（节选）

神东煤炭为了规范成本费用管理行为，降低成本费用开支，提高资金使用效益，制定了一套完整的内部控制制度。

一、分工与职责

1. 计划部职责

（1）负责神东煤炭分公司基本建设、生产经营计划的编制、报批和下达；

（2）负责神东煤炭分公司基本建设、生产和专项资金的月度、年度统计报表的编制、分析和上报；

（3）负责神东煤炭分公司专项资金计划的下达，组织专项资金建安工程招标，审查专项资金项目的预决算；

（4）负责设备大修建议计划审核、汇总，并提交神东煤炭分公司审定；

（5）负责设备大修预（决）算审核、审批；

（6）参与大修设备出厂验收工作。

2. 生产技术部职责

（1）负责下达矿井开拓延伸、改造、采区设计任务书；

（2）负责矿井技术改造设计、采区设计的审查和监督实施工作；

（3）负责神东煤炭分公司《生产中长期规划》和《采掘接续计划》的编制，参与《生产作业计划》的制定；

（4）组织矿井技术改造设计、采区设计、与生产有关的其他设计的审查和监督实施工作；

（5）负责神东煤炭分公司生产矿井的重点工程和外委工程管理工作。

3. 机电动力部职责

（1）负责组织神东煤炭分公司机电、运输等专业管理和中长期规划工作。

（2）负责神东煤炭分公司节能降耗和计量的专业管理。

（3）负责神东煤炭分公司设备、备件采购和国产化的专业指导。

（4）负责专项资金中机电项目的业务指导、监督、检查，并对非有偿使用设备专项资金项目的实施进行监管。

（5）参与、指导、监督、审核设备大（项）修工作。

1）负责设备大修建议计划的审核；

2）负责组织大修配件计划的审核；

3）负责设备大修方案、预（决）算的审核；

4）负责设备大修计划实施的监督、检查、指导工作；

5）参与大修设备出厂验收工作。

4. 设备管理中心职责

（1）负责神东煤炭分公司有偿使用设备的全寿命管理及设备、配件国产化的实施工作，即设备的前期管理、使用管理、事故管理、维修管理、改造管理、报废等全过程管理。

（2）负责EAM系统机电设备基础信息的录入和维护工作。

（3）负责设备大型部件的管理工作。

（4）参与、指导、监督、审核设备大（项）修工作。

1）具体负责编制设备大修建议计划。

2）具体负责设备大修计划的实施安排和调整。

3）具体负责设备大（项）修全过程的监督、检查、组织、协调，包括设备的出、入厂验收；大修方案、预（决）算的审查；组织外委大修设备及部件的招投标；质量、工期、成本控制等全过程管理。

4）具体负责大修配件计划的初审工作，并跟踪执行情况。

5）具体负责组织编制和修改大修定额。

6）具体负责旧件的回收和修复管理工作。

5. 维修中心职责

（1）负责公司机电设备大、中修理和配件加工；

（2）负责设备大（项）修前的调研，编制大（项）修方案、预（决）算书；

（3）编制提报大（项）修配件计划，并跟踪落实；

（4）负责设备大（项）修工作的实施，严格执行大修标准；

（5）对大（项）修设备出厂后质保期内的设备进行跟踪，并负责处理大（项）修质量问题；

（6）按照EAM系统管理流程，控制大（项）修过程；

（7）生产服务中心职责；

（8）负责编写搬家倒面作业规程及相关安全技术措施；

（9）负责编报搬家倒面过程中需要的材料、配件计划并提前一个月报生产矿井审批；

（10）负责矿井综采工作面设备的安装、回撤、支护工作；

（11）负责综采工作顺槽胶带机的安装、回撤工作；

（12）负责为神东煤炭分公司各矿井提供特种车辆生产服务工作；

（13）承担综采工作面调试期间试生产工作。

6. 生产准备处职责

（1）负责神东煤炭分公司所属矿井部分井巷工程的连采掘进工作；

（2）负责神东煤炭分公司所属矿井部分零星工程和通风设施的施工；

（3）负责神东煤炭分公司临时用工组织与管理；

（4）供电处职责；

（5）负责按照供用电计划平衡公司内部用电量及用电负荷，保障安全供电；

（6）参与神东矿区供电规划和设计的审查；

（7）负责所辖范围内供电设施的安全运行管理和维护工作；

（8）负责用户的用电申请审批与增容审核、审批；

（9）组织或参与供电系统运行事故调查和处理。

7. 财务部职责

（1）负责建立、完善公司系统内部财务核算和管理体系；

（2）负责拟订、修改公司的各类财务规章制度，检查、监督制度的落实执行；

（3）负责编制、审核、上报公司各类财务计划，监督财务计划的执行；

（4）负责分公司会计核算工作，汇总编制会计报表，做好财务决算工作；

（5）负责分公司各单位货币资金的结算业务、内部贷款业务的管理工作；

（6）负责资金管理，保证资金的安全、合理、有效使用；

（7）负责成本控制和经营预测分析，定期开展经济活动分析；

（8）负责管理和指导公司日常财务工作，以及财务人员的业务培训学习，不断提高全体财务人员的业务素质；

（9）负责提高会计核算和经营管理水平，进一步强化会计基础工作。

8. 资源管理委员会

（1）负责围绕神东煤炭分公司生产建设的工作重点，做好征收土地、办理土地审批、办理土地使用证等工作；

（2）负责完成神东煤炭分公司各煤矿塌陷区域的补偿、搬迁工作。

二、流程控制

费用内部控制流程表如表4-4所示。

表4-4 费用内部控制流程表

一级编号	一级名称	二级编号	二级名称	三级编号	三级名称	责任部门
		RCM 04.01	设备租赁	RCM 04.01.01	设备租赁	设备管理中心
				RCM 04.01.02	大型部件租赁	
				RCM 04.01.03	单体部件租赁	
				RCM 04.01.04	租赁设备回收	

（续）

一级编号	一级名称	二级编号	二级名称	三级编号	三级名称	责任部门
RCM 04	费用管理	RCM 04.02	设备维修	RCM 04.02.01	设备维修计划	设备管理中心
				RCM 04.02.02	设备维修实施	维修中心
		RCM 04.03	供电管理	RCM 04.03.01	供电处电费支出	供电处
				RCM 04.03.02	供电处电费收入	
				RCM 04.03.03	供电处外部用户管理	
		RCM 04.04	连采掘进	RCM 04.04.01	生产准备处连采掘进专业化服务	生产准备处
		RCM 04.05	搬家倒面	RCM 04.05.01	生产服务中心搬家倒面专业化服务	生产服务中心
		RCM 04.06	矿务工程	RCM 04.06.01	矿务工程	生产矿井
		RCM 04.07	其他业务	RCM 04.07.01	生产准备处劳务用工结算	生产准备处
				RCM 04.07.02	医疗工伤	
				RCM 04.07.03	委托加工煤炭	
		RCM 04.08	其他费用管理	RCM 04.08.01	财产保险费	机电信息中心
				RCM 04.08.02	征地补偿费	各成本中心
				RCM 04.08.03	排矸费	矿井
				RCM 04.08.04	生产用车辆费	各成本中心
		RCM 04.09	费用审批上缴	RCM 04.09.01	支出审批	二级单位
				RCM 04.09.02	费用上缴	二级单位

（一）设备有偿使用管理

规范设备及大型部件的使用管理，提高使用效率，降低生产成本，保证设备安全经济运行，提高管理水平。

1 设备有偿使用

1.1 控制措施

1.1.1 设备使用单位提出使用申请，经设备管理中心办理设备调动。对于年度生产接续计划内的综采、连采等成套设备，可直接办理有偿使用手续，将设备运至指定地点，吊装、运输费用在设备运输费中列支；各单位需用其他设备时，必须提前一个月在EAM系统中向设备管理中心申请，设备管理中心负责办理有偿使用手续，其设备的吊装、运输费用由各单位承担。

1.1.2 各单位使用的设备不得转借和调换，如确实需要，须经设备管理中心办理手续。

1.1.3 设备管理中心根据设备调拨情况调整台账内容，确定设备新的使用地点、使用人，以及相应的质量状态。

1.1.4 设备管理中心的资产管理系统自动计算使用费，然后通过内部银行与各设备使用单位进行结算。设备使用费由折旧费、大修费、管理费和新旧调节费四部分构成。使用费计提时间，从办理设备出库至设备退还验收为止。使用费每月结算一次，设备管理中心对系统生成的结算单进行审核后，转内部银行进行扣缴。使用费上缴公司，由神东煤炭分公司安排统一使用。

1.2 控制制度与文件

《神东分公司机电设备管理办法》

1.3 控制证据

1.3.1 有偿使用设备台账

1.3.2 有偿使用费计算单据

2 大型部件有偿使用

2.1 控制措施

2.1.1 设备使用单位提出损坏部件的更换申请，设备管理中心的大型部件管理员查看其库存情况；同时，设备管理中心的大型部件管理员核实设备是否在质保期内，以确定是否需要进行索赔或者重新采购。

2.1.2 设备使用单位返回旧件，由维修中心负责监测修复。

2.2 控制制度与文件

《神东分公司大型部件管理办法》

2.3 控制证据

2.3.1 有偿使用设备台账

2.3.2 有偿使用费计算单据

3 有偿使用设备收回

3.1 控制措施

3.1.1 设备管理中心调剂部对有偿使用设备回库需要进行仔细验收，并根据验收标准确定各使用单位应支付的缺件补偿、损坏赔偿金额。具体规定为：设备管理中心在指定地点组织相关单位验收，合格后办理交接手续。使用单位要保证退还设备清洁干净，到大修期的设备零部件必须齐全完整，能够运转。不到大修期的设备要保证其状态完好，否则清洗、缺件、修复等相关费用由使用单位承担。因责任事故造成设备损坏，修复设备所发生的一切费用由使用单位承担。

3.1.2 设备管理中心财务科根据调剂部出具的验收报告填写资金划转单，并转内部银行，统一由内部银行进行资金划转。

3.1.3 设备管理中心组织完善回收后的有偿使用设备，以便进入下一个循环。

3.2 控制制度与文件

《神东分公司机电设备管理办法》

3.3 控制证据

3.3.1 有偿使用设备台账

3.3.2 有偿使用设备验收报告

（二）设备大（项）修管理

规范大（项）修管理程序，有效控制设备大（项）修"质量、工期、成本"。

1 设备大（项）修计划

1.1 控制措施

1.1.1 设备管理中心组织编制设备大修计划建议书。对于引进设备的大修计划，设备管理中心要根据下一年度《生产接续计划》和《设备配套计划》，结合设备运行状态，在每年的8月底以前编制完成下一年度的大修建议计划。对于国产设备的大修计划，使用单位要根据设备的使用时间、过煤量及运行状态，于每年的9月上旬以前向设备管理中心提报下一年度的设备大修申请。设备管理中心进行现场调查后，于每年的10月上旬以前，编制完成下一年度的大修建议计划。

1.1.2 机电动力部会同计划部在规定的时间内完成设备大修建议计划的汇总和审核工作。

1.1.3 经机电动力部、计划部汇总和审核通过的设备大修建议计划，报总经理办公会审批，总经理办公会审批通过后方可执行。

1.1.4 计划部向有关部门下达经总经理办公会审批通过的设备大修计划。

1.1.5 维修中心根据批准的设备大修计划，平衡生产量、在各维修部门间分配任务，并将年度设备大修任务分解为月度任务；同时要根据设备大修计划，在规定的时间内，完成大修配件计划编制与提报工作。

1.1.6 根据生产接续计划的变化和设备实际运行状况，设备管理中心需要对设备大修计划进行调整。计划外实施的项目，需经公司动力部、计划部审核并经分管领导审批后执行。

1.2 控制制度与文件

《神东分公司机电设备管理办法》

《神东分公司设备大修管理办法》

《设备大修旧件管理办法》

《设备大修备件实施细则》

1.3 控制证据

设备大（项）修计划书

2 设备大（项）修实施

2.1 控制措施

2.1.1 设备管理中心要根据大修计划安排，提前以书面形式通知使用单位回撤大修设备、按规定的时间返厂，并在设备大修开工前20天向承修单位下达《设备大（项）修委托书》，委托维修中心对设备进行维修。

2.1.2 承修单位在接到《设备大（项）修委托书》后14天内完成待修设备状况调研，并形成调研报告，制定详细的大（项）修方案和实施计划。

2.1.3 入厂大修设备要机体清洁，零部件齐全、完整（电气设备铅封完好），能够正常运转。对于损坏件、丢失件，对责任单位进行追究，收回的缺件补偿费转入该台设备的大修费中。

2.1.4 设备管理中心负责组织承修单位、设备使用单位对入厂大修设备进行验收。

2.1.5 维修中心在对大修设备解体检测之后，要编制详细的大修方案和预算，其中工时定额单价执行神东分公司文件。

2.1.6 维修中心制定的大修方案和预算经动力部和设备管理中心确认签字后方可实施，如具备条件的实行整机承包大修。

2.1.7 维修中心向设备管理中心提报开工报告，设备管理中心、动力部、计划部逐一签批。开工报告经批准后方可组织实施设备维修，项目管理员（核算员）对料、工、费进行归集统计。

2.1.8 维修中心按照项目工单领用备件，对设备大修的剩余备件，承修单位在竣工验收后7日内退库。

2.1.9 维修中心在大修设备时要将更换下来的旧件按项目进行分类管理，规范填写《大修设备旧件清点鉴定移交表》，并负责旧件的初步鉴定，鉴定后要将所有旧件都挂好标签，写清编码、名称、件号、状态及对应主机等信息。

2.1.10 项目结算时，项目管理员要对旧件进行核对，无旧件则视为未更换此件，结算时从备件费中扣除。

2.1.11 大修设备的旧件要经公司旧件鉴定小组鉴定后确定修复或报废，修复件由设备管理中心委托修理，报废件由设备管理中心组织承修单位向物资供应中心废旧物资回收站清点移交。旧件鉴定小组成员由公司机电动力部、设备管理中心、承修单位、物资供应中心有关技术人员组成。

2.1.12 维修中心在设备大修过程中，如大修方案发生变更，向管理部门和单位提交《设备大修方案变更报告》，经设备管理中心和机电动力部审批后执行。如费用发生变更，维修中心执行《设备管理中心设备大修承包办法》，超出预算部分未经审批的由本单位承担。

2.1.13 根据项目实际情况或合同、协议约定按工程进度结算的，维修中心填制工程进度单，报请设备管理中心、机电动力部等部门审核、验证并在设备维修工程进度单上签批意见，持经审批通过的设备维修工程进度单到财务部门办理工程进度款结算。不需要办理进度结算或合同、协议约定竣工后一次性结算的项目，待竣工后办理结算。

2.1.14 大修设备完成调试具备出厂条件时，承修单位要向设备管理中心提供完整竣工资料及竣工报告，经设备管理中心初验合格后，报请公司业务主管部门组织竣工验收。

2.1.15 设备管理中心负责组织公司动力部、计划部、财务部及设备使用单位共同验收，对安全规定有特殊要求的设备，安全监察部门参加。验收内容严格按照相关标准进行，并填写《设备竣工验收单》，对存在的问题要求维修中心进行限期整改。

2.1.16 大修设备通过验收后，维修中心在10天以内向主管部门和单位提交决算资料。大修决算按设备管理中心——动力部——造价事务所——计划部的次序逐部门审核，但每一部门的审核时间不得超过2天。

2.1.17 大修设备投入运行初期，维修中心要跟踪服务不少于1周。维修中心对质保期内的设备，要定期了解运行状态，对存在的问题要及时处理，并建立完整的质量跟踪体系，出现修理质量问题，对承修单位进行相应处罚。

2.1.18 维修中心设备大修费执行年初公司审定下发的单台设备大修费用，实行整机承包大修，由设备管理中心和动力部进行考核。其他单位设备大修费执行公司相关规定。

2.1.19 对违反设备大修管理有关规定的，根据情节轻重对部门或单位处以2 000～20 000元罚款，对个人处以50～1 000元罚款。

2.2 控制制度与文件

《神东分公司机电设备管理办法》

《神东分公司设备大修管理办法》

《设备大修旧件管理办法》

《设备大修备件实施细则》

2.3 控制证据

设备大（项）修委托书

设备调研报告

设备大（项）修方案和实施计划

设备大（项）修预算书

料、工、费统计表

维修工程进度单

工程验收申请

工程竣工验收报告

工程预（结）算书

（三）供电管理

规范用电操作程序，用电手续规范化、制度化。进一步提高本企业的经济效益，节约能源，降低消耗。

1 供电处电费支出

1.1 控制措施

1.1.1 供电单位与供电处一起核对出线表与进线表的数据是否一致。

1.1.2 经过核对一致，由供电处将核对后的电量录入到计费系统中。

1.1.3 供电单位每月根据核对无误的电量数据，开具增值税发票和电费明细单。

1.1.4 供电处财务科根据明细单和发票，与供电单位结算电费。

1.2 控制制度与文件

《国家和地方电价调整文件》

1.3 控制证据

电量统计表

电费通知单

2 供电处电费收入

2.1 控制措施

2.1.1 供电处抄各用户电表，形成电量统计表。

2.1.2 供电处计算电量，录入系统，向用户发出电费通知单，由用户核对签字确认后作为收取费用的凭据。

2.1.3 在电费的收取过程中，开具收据和增值税发票，进行账务处理。

2.1.4 电力收支中形成的增值税进销项税额统一上缴公司财务部合并纳税。

2.2 控制制度与文件

《神东分公司供电管理办法》

2.3 控制证据

电量统计表

电费通知单

3 供电处外部用户管理

3.1 控制措施

3.1.1 外部用户填写用电申请单，交由供电处负责审核电力负荷大小，制定供电方案。

3.1.2 供电处与用户签订用电协议，用户支付押金后，接通电。

3.1.3 外部用户电费按月结算。

3.2 控制制度与文件

《神东分公司供电管理办法》

3.3 控制证据

电量统计表

电费通知单

（四）费用审批上缴

1 支出审批

1.1 控制措施

1.1.1 二级单位的业务经办人根据业务单据、凭证填写申报、审批单，申请付款，报分管领导进行审查、审批。

1.1.2 二级单位分管领导对本单位发生的各项费用、支出的合理性、经济性进行审核并签署意见。

1.1.3 二级单位财务科长或指定财务人员对各项费用、支出的原始单据的合法性、合规性进行审核。

1.1.4 二级单位总会计师（或经营领导）对本单位各项费用、支出进行审核、审批。

1.1.5 二级单位负责人对本单位的各项费用、支出进行审批，进行最后把关。

1.1.6 二级单位对外支付原则上按合同约定执行。

1.1.7 二级单位财会部门在下达付款通知之前要认真、全面地对发票、结算凭证、验收证明等相关凭证的真实性、完整性、合法性及合规性进行严格审核。

1.1.8 各二级成本责任单位应当根据费用预算和经济业务的性质，按照授权批准制度所规定的权限，对费用支出申请进行审批。

1.1.9 财务部门应当加强应付账款和应付票据的管理，对到期的应付款项须经有关授权人员审批后方可办理结算与支付。

1.2 控制制度与文件

《中国神华及神东煤炭分公司管理制度汇编》

《会计内部控制制度》

1.3 控制证据

支出申报/审批表

合同

发票

2 费用上缴

2.1 控制措施

2.1.1 各矿井二级单位财务科根据规定填制井巷/维简费用、折旧费用、安全费、绿化费、内部公路费、供应管理费、资源补偿费等费用上缴明细单。

2.1.2 公司财务部对上缴明细单进行审核并签字盖章。

2.1.3 将签字后的费用上缴明细单递交给内部银行，内部银行审核、签章后进行款项划转。

2.1.4 二级单位、财务部、内部银行凭三方签章的费用上缴明细单，分别进行相应的账务处理。

2.2 控制制度与文件

《中国神华及神东煤炭分公司管理制度汇编》

2.3 控制证据

费用上缴明细表

三、流程图与关键控制点描述

（一）设备有偿使用

设备有偿使用流程图如图4-1所示。

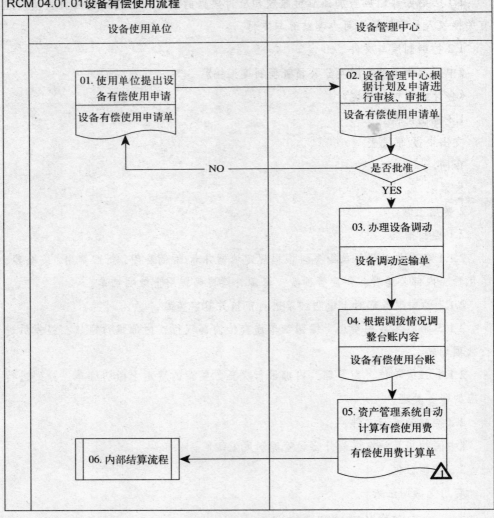

图4-1 设备有偿使用流程图

（二）设备维修

设备大（项）修计划申报与审批流程图如图4-2所示。

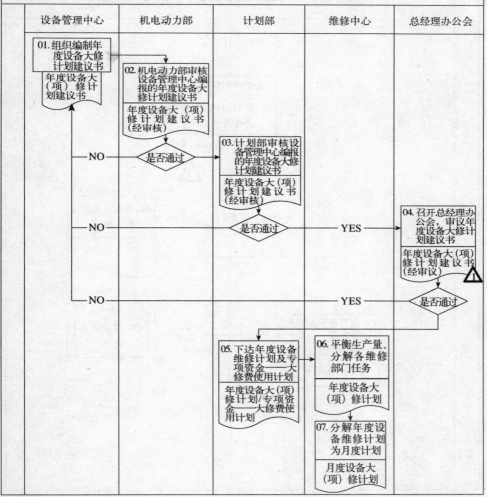

图4-2 设备大（项）修计划申报与审批流程图

（三）供电管理

1 供电处电费支出（见图4-3）

神東 SHENDONG	本流程主要控制点描述：
	上级供电部门与供电处必须认真核对出线表与进线表的数据是否吻合，如果不符，应马上查找原因。
单位名称：神东煤炭分公司	
责任单位：供电处	
流程编号：RCM 04.03.01	

RCM 04.03.01电力支出流程

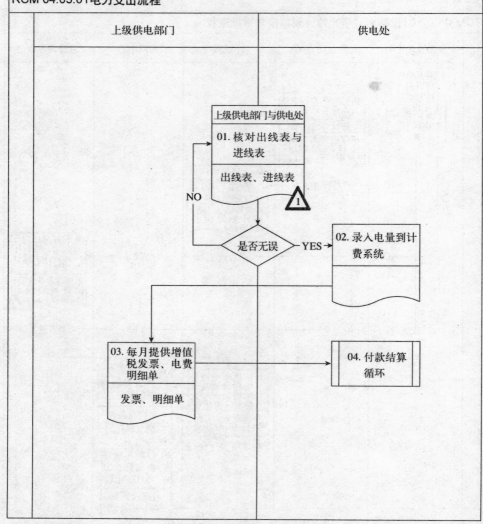

图4-3 供电处电费支出流程图

2 供电处电费收入（见图4-4）

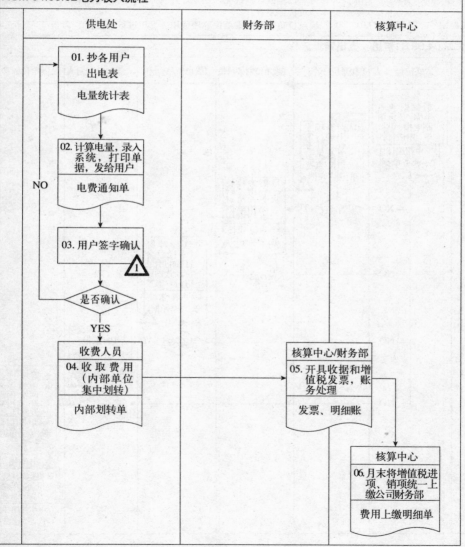

图4-4 供电处电费收入流程图

（四）费用审批上缴

1 支出审批流程图（见图4-5）

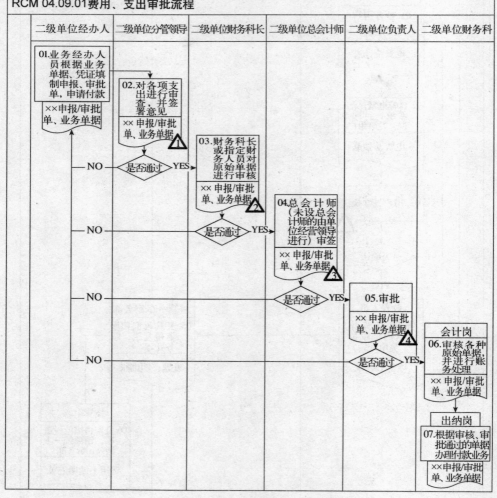

本流程主要控制点描述：

1. 二级单位分管领导要对本部门发生的各项费用，支出的合理性、经济性进行审核，对本部门发生的各项费用、支出进行控制，并签署意见；
2. 二级单位财务科长或指定的财务人员对各项费用，支出的原始单据的合法性、合规性进行审核；
3. 二级单位总会计师或经营领导对各项费用、支出进行审核、审批，以平衡本单位资源配置；
4. 二级单位负责人对本单位各项费用、支出进行审批。

单位名称：神东煤炭分公司

主要责任单位：二级单位、医保办

流程编号：RCM 04.09.01

神東 SHENDONG

RCM 04.09.01费用、支出审批流程

二级单位经办人	二级单位分管领导	二级单位财务科长	二级单位总会计师	二级单位负责人	二级单位财务科

01.业务经办人员根据业务单据、凭证填制申报、审批单，申请付款

××申报/审批单、业务单据

02.对各项支出进行审查，并签署意见

××申报/审批单、业务单据

03.财务科长或指定财务人员对原始单据进行审核

××申报/审批单、业务单据

04.总会计师（未设总会计师的由单位经营领导进行）审签

××申报/审批单、业务单据

05.审批

××申报/审批单、业务单据

NO 是否通过 YES

NO 是否通过 YES

NO 是否通过 YES

NO 是否通过 YES

会计岗

06.审核各种原始单据，并进行账务处理

××申报/审批单、业务单据

出纳岗

07.根据审核、审批通过的单据办理付款业务

××申报/审批单、业务单据

图4-5　二级单位费用、支出审批流程图

2 费用上缴流程图（见图4-6）

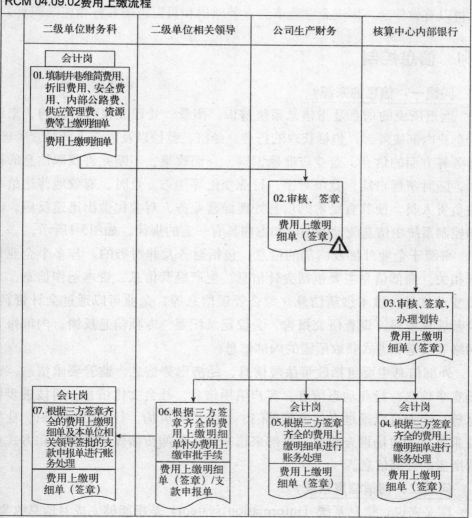

图4-6 二级单位费用上缴流程图

第5章 信息与沟通

信息与沟通，是指及时、准确、完整地收集与企业经营管理相关的各种信息，并使这些信息以适当的方式在企业有关层级之间进行及时传递、有效沟通和正确应用的过程。企业应当建立有效的信息收集系统和信息沟通渠道，确保与影响内部环境、风险评估、控制措施、监督检查有关的信息得以有效传递，促进企业董事会、管理层和员工正确履行相应的职责。

5.1 信息控制

问题一：信息的来源？

这里所说的信息是指信息系统辨识、衡量、处理及报告的标的，来源于企业内部或外部，包括获取的行业、经济、监控以及内部生产经营管理、财务等方面的信息。企业应准确识别、全面收集、不断完善获取信息的机制，随时掌握市场、竞争对手、行业变化等动态，及时、有效地传达给相关负责人员，使其有足够的信息处理经营业务、对变化做出迅速反应。内部控制系统中信息流动的内容和方向具有一定的规律，如图5-1所示。

来源于企业外部及内部的信息，包括财务及非财务的，与多个企业目标相关。内部信息主要包括会计信息、生产经营信息、资本运作信息、人员变动信息、技术创新信息、综合管理信息等。企业可以通过会计资料、经营管理资料、调查研究报告、会议记录纪要、专项信息反馈、内部报刊网络等渠道和方式获取所需的内部信息。

外部信息主要包括政策法规信息、经济形势信息、监管要求信息、市场竞争信息、行业动态信息、客户信用信息、社会文化信息、科技进步信息等。企业可以通过立法监管部门、社会中介机构、行业协会组织、业务往来单位、市场调查研究、外部来信来访、新闻传播媒体等渠道和方式获取所需的外部信息。

问题二：何谓信息系统？

广义来说，信息系统（information system）是指能够完成对信息收集、组织、存储、加工、传递和控制等职能的系统，其目的是为一个组织机构提供信息服务以支持管理决策活动。从这个意义上说，信息系统是人工构成或是自然形成的加工信息的系统。

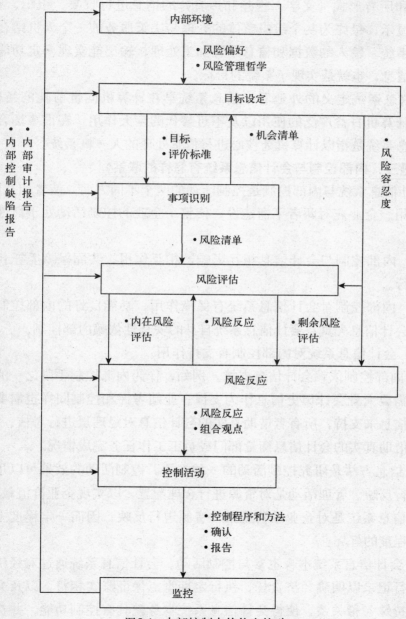

图5-1 内部控制中的信息流动

从狭义的角度，信息系统可以理解为计算机系统，是基于计算机技术、通信技术和软件技术且融合各种现代管理理论、现代管理方法以及多级管理人员为一体，对所有形态（包括原始数据、已分析的数据、知识和专家经验）和所有形式（文字、视频和声音）的信息进行收集、组织、存储、处理和显示，最终为某个组织整体的管理与决策服务的一个人机结合的信息处理系统。输入的数据和信息经过加工处理，输出能实现一定功能的有用的新信息，也就是实现了系统的目标。

从信息系统定义的外延看，信息系统早在计算机问世前就已经存在，但由于计算机日益广泛的使用以及不可替代的巨大作用，在很多场合，所谓的信息系统是指以计算机为核心进行信息处理的人－机系统。

问题三：内部控制与会计信息系统有怎样的联系？

会计信息系统与内部控制是控制活动的两个不同方面，两者相互影响，相互作用。企业应对两者平衡建设，使整个企业的控制活动处于良性循环之中。

（1）内部控制与会计信息相互影响、相互作用，共同保障委托代理契约的履行。

（2）内部控制对会计信息系统有保障作用，功能良好的内部控制有助于防止会计信息失真；会计信息系统自身的安全性依赖内部控制。

（3）会计信息系统对内部控制有支持作用。

1）内部控制依赖会计信息支撑。例如，作为内部控制手段之一的财务预算，需要大量会计历史信息作为支撑。业绩考评和控制同样也需要真实的会计信息来支持，所有者借助真实的会计信息对经理层进行考核、评价，管理者借助真实的会计信息衡量部门或员工工作任务完成情况。

2）信息方法是研究控制活动的一种方法。控制活动的效果可以用会计信息进行反映。管理活动是对资源进行合理配置，以实现企业价值最大化，而会计信息系统是对企业经营成果、资源进行反映，因而一定程度上反映了控制程度的好坏。

3）会计信息系统本身也参与控制活动。会计信息系统通过对经济业务活动进行记录以明确经济责任，执行定期盘点保证账实相符，以及会计本身一些特殊勾稽关系，使得会计信息系统本身就具有控制功能，并实现对企业资产的保护。同时，财务部门也参与业务流程的许多控制活动。如审核发票的真实性、正确性，核对往来科目余额等。

4）良好的会计信息系统有助于各部门、员工的沟通，及时发现问题，对企业中各种风险进行适时控制。

5）良好的会计信息系统有助于提高内部审计效率。企业会计信息系统本身置于内部审计控制之下，良好的会计信息系统有助于审计人员迅速查找相关资料，加快审计测试速度，测度更多经济业务。从而提高审计速度，更好地防范会计信息失真。

背景资料　　　　**美国关于管理者对财务信息内部
控制责任的法律演变**

1977年颁布的FCPA法案要求：根据证券交易法12条款或者15（d）条款中要求提供报告的公司，管理层必须设计和维持一套充分的内部会计控制系统为以下目标提供合理的保证。

1979年SEC提议要求提供内部控制报告，但是很多批评家认为这个提议只是在表面上遵守FCPA法案之要求，SEC只得在1980年收回了提议。

1987年Treadway委员会建议SEC要求所有的上市公司在其年度报告中递交由CEO和CFO签发的管理报告。

1991年实施的联邦储蓄保险协会促进法案（FDICIA）中要求资产总额在5亿美元以上的财务机构管理层向储蓄保险协会报告关于内部控制财务报告的效果。

1993年POB认为内部控制报告和审计师的评价能够改善内部控制系统，而改善了的系统将使管理层欺诈和操纵财务报表更为困难。

1993年AICPA指出内部控制系统是防御欺诈性财务报告的主要防线（main line），投资公众应受这道防线的独立评估。

《SOX法案》第302款规定：①公司首席执行官和首席财务官应当对所提交的年度或季度报告签署书面证明；②保证在财务报告编制之前90天内已经对公司内部控制的有效性进行了评价；③将关于内部控制有效性的结论反映在报告中；④向外部审计师和公司董事会下的审计委员会报告了在内部控制设计或运行中对公司财务信息的记录、加工、汇总和报告产生不利影响的所有重大控制缺陷以及重要控制弱点。

《SOX法案》第404款规定，根据1934年证券交易法中13（a）或15（d）款要求递交年报的公司，管理层需要对财务报告的内部控制进行报告，并且应有注册会计师对管理层的评估进行认证和报告。

问题四：如何建立基于内部控制的会计信息系统模式？

会计信息系统随时代发展而不断发展。一般而言，会计信息系统主要分为财务会计系统和管理会计系统。随着经营方式多样化、灵活化、网络组织结构与科层结构并存化，管理会计信息系统开始成为会计信息系统的重心。同时，随着经营业务的复杂化，外部环境的不确定性增加，信息使用者对信息需求的差异逐步扩大，企业有必要建立适合于自身管理特点的会计信息系统。

1. 分析企业经营活动，明确核心业务及相关业务流程

调查、分析企业经营状况是为了明确具体核算对象、核算项目、核算方法、核算细化程度以及分析输出的会计信息是否能满足管理的需要，是否有助于内部控制，是否有助于提高企业效益。因此，我们需要了解企业具体经营业务、组织框架、部门设置以及部门人员配备，以便会计信息系统能对企业的经营业务进行真实、合理的反映。一般而言，生产性企业经营活动主要包括以下方面：采购活动、生产活动、销售活动、辅助生产活动、资产投资活动以及融资活动等。

（1）采购活动主要包括：采购订货、运输、检验、入库。

（2）生产活动主要包括：存货出库、生产加工、成品入库。

（3）销售活动主要包括：接受订单、成品出库、收款、广告、促销活动。

（4）辅助生产活动主要包括：研发、质量管理服务、后勤辅助维修服务等。

（5）资产投资活动主要包括：固定资产修建、无形资产投资、对外投资等方面。

（6）融资活动主要包括：融资、短期投资等。

（7）人事管理活动。

2. 分析各部门功能

企业在构建企业会计信息系统时，应分析各个部门的具体职能以及它对组织的贡献。从而确定各个部门业绩评价的内容及关键绩效指标。然后统筹考虑在会计信息系统（包括科目设置、核算项目等）中构建系统结构，设置核算内容，以便于对各部门进行绩效考核和价值分析，实现对部门业

绩的控制。

3. 分析关键控制点，进行风险控制

企业风险主要有战略风险、经营风险、财务风险、人力资源风险、信息失真风险。通过对企业外部环境和内部环境分析，针对不同的风险，分析关键控制点，在会计信息系统设置相应的控制条件，实现风险的防范和控制。

（1）经营风险的控制。从业务范畴来讲，经营风险包括采购风险、生产风险、销售风险及辅助业务风险等。从控制角度来讲，对经营风险的控制可以从两方面着手进行控制，一方面对财产损失、偷盗、浪费进行控制，即财产安全控制；另一方面从经营绩效进行控制。

1）财产安全控制。财产安全控制可以采取事后控制，也可以从预防入手。事后控制是针对发生财产损失的管理漏洞制定相应管理制度和措施，防止类似事件再次发生；预防性控制主要有财产保险、接近资产授权、交易授权制度、流程分析控制。

2）经营绩效控制。绩效管理包括企业战略目标及规划、绩效指标、组织的激励制度、保证组织学习的绩效控制机制，其最终目的是实现组织远景目标。在绩效管理系统中，为了保证公司绩效与公司战略目标一致，战略目标应细化成一系列具体目标，同时根据具体目标制定相应的保证措施。

财务部门作为管理职能部门，除了对财产安全实行控制外，力求提供相关财务会计信息，帮助管理者获取相关信息以便于实施过程控制。会计信息系统可利用它的信息资源优势，提供有关经济活动、经营成果的关键指标信息，以实现对业绩适时控制。绩效控制主要是从成本企划、价值链整合、成本控制等方面实现控制。

（2）人力资源风险控制。人事管理可采用将日常业务与绩效考核相结合进行控制（见图5-2），实现人事管理与公司战略相匹配。

1）员工在打卡机上打卡，信息直接录入会计信息系统。会计信息系统根据相关工资标准计算出每个员工工资、福利，并分配到各个部门，从而实现了核算自动化。

2）系统可以通过与生产模块接口，引出每个车间的生产量，计算生产率指标，实现对生产效率的统计与分析。

3）管理部门通过员工的出、入记录，查阅管理人员岗位闲置状况，适时调度员工工作，提高员工效率。

4）员工培训支出单独列示，并结合工作岗位分析员工胜任能力，分析员工职业规划、培养模式是否存在问题。

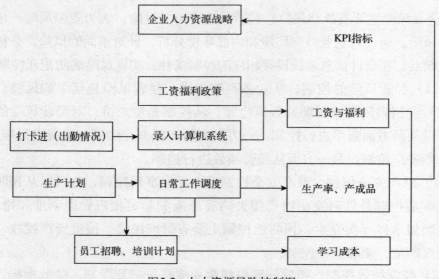

图5-2 人力资源风险控制图

（3）财务风险控制。企业财务风险是指在财务管理活动中，客观存在的由于各种难以预料或无法预料和控制的因素作用，使企业蒙受损失的机会或可能性。财务风险可以采用以下措施进行控制：

1）加强现金流量预测和财务指标分析，建立预警机制。财务风险主要是由于负债比例、资本结构不合理造成的。一旦企业出现产品积压或货款出现拖延，就可能引起停产或破产风险。企业应建立财务风险控制指标体系，适时对企业的财务风险进行分析和预警。

2）集中资金管理。集中管理有利于加强对资金的控制，预算的执行，也有利于实现资金在集团统筹管理，减少集团营运资金的需求量，节约资金利息。

（4）战略风险控制。战略风险受到诸多因素的影响，包括外部环境（行业状况、企业竞争力、国家政策等）、内部资源、组织结构、信息真实性、领导者的风险偏好等。信息的可靠性、相关性直接影响到战略决策的准确性。长期战略所决策的问题时间跨度长，不确定因素多，需要提供关于产品生命周期的会计信息和趋势性分析。为此，在会计信息系统中融入战略管理会计，作为管理会计的一个分支，专门对企业的经营活动按产品生命周期进行核算，测算产品的现金流，分析投资可行性和提供有助于科学决策的信息。

上面针对战略风险、财务风险、人力资源风险、经营风险分别在会计信息系统建立相关的控制机制进行控制。在一定程度可以防范企业可能存在的各种风险，由于各行业、各企业的具体情况不一样，风险存在差异，企业应聘请专家或学者对企业进行风险评估，防范和化解企业风险。

4. 会计信息系统的整体设计

（1）录入数据"事项法"。传统会计信息系统主要是按会计方法将相关数据录入系统（价值法），为了满足管理的需要，会计数据录入方式已发生巨大改观，即直接将经济"业务事项"录入系统，会计信息系统各子系统根据需要直接从"业务事项"中提取相关信息。

（2）会计信息系统结构。会计信息系统的构建包括两个方面，一是横向信息系统构建，主要是为了实现对具体经营活动的反映，并对企业日常经营业务实施控制。二是纵向信息系统构建，主要是为了满足决策需要。

综合案例

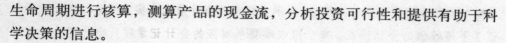

中国联通遵从《萨班斯－奥克斯利法案》404条款（SOX404）的财务信息系统控制设计

一、中国联通及SOX404背景

中国联合通信有限公司成立于1994年，2000年6月，公司在香港、纽约成功上市，筹资56.5亿美元，进入全球首次股票公开发行史上的前10名。2002年10月，公司又在上海成功完成A股上市，成为国内资本市场流通股最大的上市公司。中国联通是国内唯一一家同时在纽约、香港、上海三地上市的电信运营企业。

为满足境内、境外上市公司监管法规的要求，维护投资者的利益和公司诚信，特别是按照美国SOX302和SOX404要求，2003年底以来中国联通开始准备完善公司的内部控制制度。

二、中国联通财务信息系统及其内控要求

美国SOX302和SOX404实质要求就是建立信息披露的控制程序，在对外披露信息文件的形成过程中就建立起一种责任制度，表现形式为由会计信息产生和报

告单位自己发表的一个"声明书"，承诺提交的会计信息真实、完整。这一流程保证了下级提供的会计报表、每个报表项目所对应的会计记录以及会计记录所对应的相关经济活动都是真实可靠的、是经过层层核对的。到了总部之后，会经过一个包括CFO在内的信息披露审核委员会审核、讨论。只有建立了这一程序和责任体系才符合《萨班斯法案》302、404条款要求。因此，会计信息系统的设计和控制成为遵从SOX404的重中之重。

中国联通经过十几年的经营与发展，运营网络遍布全国，在全国30个省、自治区、直辖市设立了300多个分公司和子公司。由于经营规模大、地域分布广、业务范围宽、管理链条长，中国联通的组织结构显得庞大而复杂：在全国31个省、市、自治区都设有分公司，各省级分公司又分设不同的地市级分公司，同一地市级分公司又同时经营着不同的业务种类，经常"一个公司、六块牌子"，在全国范围内共有300多家地市级分公司，既有上市公司，也包含非上市公司，存在大量的复杂关联交易。中国联通财务信息化建设的规范不够，形成用友、金算盘、ORICAL三家软件公司的产品在中国联通所属300多家分公司中"三分天下"的局面。各级分公司编报财务报表时，一般是根据集团合并报表体系的要求，从相关会计核算系统中取出相应数据，再将这些数据手工录入到Excel电子表格中，在Excel中编制财务报告，然后将财务报告以电子表格的形式上报至上级公司，一般需要经过地市级分公司到省级分公司，再到总部两个过程，总部财务部再根据各省级分公司上报的电子表格进行并表。报表合并涉及4 000多个科目，各地公司对科目理解和归集不尽相同，使合并报表过程变得极其复杂。系统改造前，联通总部的报表合并业务分为月报、季报、半年报、年报四个层面，分公司、子公司按法人主体将总部统一定义的各种报表传至总部，总部在报表汇总的基础上进行不同层面的报表合并，再将合并结果按不同管理层面的需求重新整理，发布报表信息。会计信息传递和合并过程无论从效率上还是效果上都存在巨大的风险。财务信息系统改造和体系设计是中国联通完成内控目标的最重要的限制因素，已成为内控完善的当务之急。

三、中国联通新财务信息系统设计目标

为保证财务信息的真实、及时、完整，中国联通提出财务信息系统改造目标：实现按月自动生成集团公司范围内各个层面信息披露及内部管理需要的合并财务报表，缩短合并的工作周期，降低合并人工干预的工作量；完整体现规范的合并

规则、合并过程信息，记录各类合并抵消的工作底稿，保留清晰的内控点和审计追踪线索；建立全公司统一、规范、相对稳定的报表体系，实现报表基础数据的自动提取，保证信息源的及时、真实、准确，从而提高报表信息的质量；与预算结合，进行多角度、多层面的财务分析，提供管理决策支持。

具体目标：制定和明确合并规范，并通过项目系统的实施，使规范通过系统进一步固化；通过合并系统的实施实现合并全过程数据的采集、跟踪，实现合并数据的完整性、规范性和准确性；提供外部系统的接口，将各级单位的报表通过接口导入合并报表系统，保证数据的准确性；在合并报表系统内建立合并的规则，跟踪各项报表的调整事项，并自动进行相关的抵消、包括少数股权的合并等，完成报表的汇总与合并。

四、中国联通财务信息系统设计框架

通过对市场的预测和分析，结合经济活动业务流程、集团内部的控制要点以及集团发展愿景，中国联通构建了从上至下包括战略决策层、财务控制层、会计核算与报告层、业务核算层4个层次的财务管理体系框架，这4个层次是紧密衔接、上下一体的：经济业务完成之后，相关信息进入会计核算与报告体系，财务人员根据业务交易事项和公司的制度体系完成会计核算，并编制财务报告；公司根据财务报告信息进行统计、分析，形成财务管理体系；为集团战略决策和战略管理提供依据。该框架又由从左至右的系统建设目标、IT系统功能模块、系统制度保障、人员建设模块这四个模块作为有力支撑（见图5-3）。

五、中国联通财务信息系统设计过程

财务信息系统作为承上启下的重要环节，统一、规范的会计核算体系就成为整个财务管理体系的基础，中国联通财务管理体系的构建就从统一集团会计核算系统着手。

1. 理清会计信息流程

为确保财务信息的快捷、准确，中国联通集团从财务报告形成过程的特点出发，对会计核算与财务报告体系进行了流程优化，并形象地将其归纳为产品制造的三个阶段（见图5-4）。

原材料：经营活动产生财务报告的基础信息（地市、省分公司业务层面）；

半成品：财务部门按照会计准则进行确认、计量、分类，形成会计基础信息（地市、省分公司财务层面）；

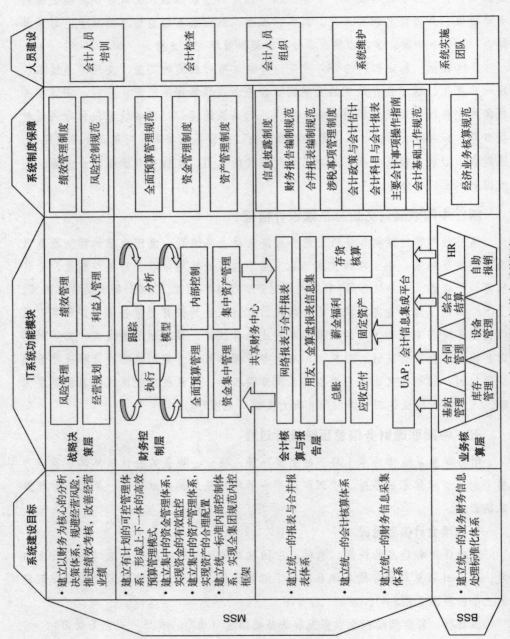

图5-3 中国联通财务信息系统框架

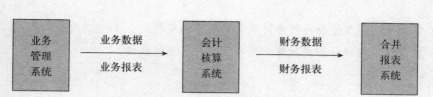

图5-4 会计核算与财务报告体系流程图

产成品：财务部门按照不同资本市场、政府监管机构、管理层要求，对省分公司层面形成的会计基础信息进行加工，披露财务报告（总部财务层面）。

通过流程优化，实现了集团总部对下属分公司会计信息的垂直管理，为集团规范会计核算、简化管理层次、强化过程控制以及前移财务管理控制点奠定了坚实基础。

2. 制度体系建设

不依规矩，不成方圆。制度体系对于系统建设的重要性，如同菜谱之于饭店的菜品，如果没有统一的菜谱，那么不同厨师烹饪出来的菜品的标准和口味就很难得到统一。因此，建立统一、规范的制度体系，使集团上下均在一套制度、规则下进行会计核算和财务报告编制工作就成为集团会计核算统一的前提和基础。在制度体系的建设过程中，中国联通始终坚持以《企业会计准则》为指南，面向经济业务事项，既考虑了资本市场监管要求，也体现了集团内部管控需求；同时，为确保会计信息质量、提高会计统一核算的集中度，中国联通在制度体系设计过程中，尽可能地减少财务人员的具体会计判断，将会计判断、会计估计等判断事项尽可能多地由管理层来决定，并将其在制度体系中加以明确。为突出管理需求、强化内部控制，联通集团首先对会计报表体系进行了设计，再将其细化至会计科目。

中国联通群策群力，组织集团财务和相关业务骨干，对经济活动各项业务、会计核算以及财务报告编制的各个环节进行分析，设置了由3个部分、9个制度构成的制度体系（见图5-5）。

3. 信息化方案选择

统一集团会计核算必须依托信息网络技术，通过与经济业务处理系统的链接，集成业务处理系统的信息，实现数据的全方位共享与数据授权处理，使集团的管理与核算成为一个有机的整体，为管理和决策提供及时、准确的会计信息。

然而，中国联通面临的实际情况是各分公司会计电算化应用水平参差不齐，会计核算软件和版本不统一，会计信息不能得到有效共享。在现实面前，中国联通统一集团会计核算之路有以下两种方案可供选择：

- 方案一：所有分公司的会计核算系统全部更新；
- 方案二：保留分公司现有系统不变，对其进行改造。

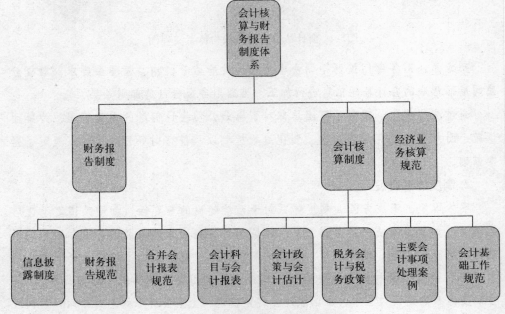

图5-5　会计核算与财务报告制度体系

　　两种方案都能实现集团会计核算的统一。方案一是彻头彻尾地更新，集团所属各成员单位将原有的会计软件彻底甩掉，统一更换为全新的、更为先进的、支持集团财务集中核算的管理软件，这样做，实际实施起来比较容易，一般而言，实施效果也比较好，但对于成员数量众多的集团而言，这种方案的实施成本不菲，资源的浪费也很大；而方案二在实施时需要重点解决的是，确保会计核算系统的规范、统一，并实现会计核算系统与业务处理系统、合并报表系统之间的对接，确保信息在不同系统间的自动传递，与方案一相比，其对技术和组织实施的要求要高出许多，具有较高的挑战性，但此种方案在沿袭财务人员原有操作习惯、节约成本投入、减少资源浪费方面具有显著优势。从实际应用情况来看，国内的绝大多数企业集团在统一集团会计核算时选择的是方案一，选择方案二的企业集团则寥寥无几。

　　对于信息化方案的选择，中国联通持非常谨慎的态度。在对国内成功案例进行深入剖析的基础上，它们认为，使用统一的会计核算软件只是实现会计核算统一的表面形式，而问题的实质在于确保"三个统一"——经济业务处理的统一、账套的统一、报表体系的统一，并使集团统一的会计科目和会计报表体系落实到会计核算系统，即不论各分公司采用什么核算软件，只要这些软件所承载的会计科目和报表体系相同，就可以实现会计核算的统一。同时，中国联通就技术操作的可行性，向用友、金算盘、ORICAL三家软件供应商进行了咨询，得到了三家软件商的肯定答复。

在此基础上，联通集团对方案一和方案二进行了认真考查和全面论证，最终选取了方案二。中国联通做出的选择是需要相当胆识的，毕竟在国内，几乎没有可供借鉴的成功案例，此举无异于做"第一个敢于吃螃蟹的人"。

六、中国联通财务信息系统完善实施

中国联通于2005年4月开始着手集团会计核算统一的建设工作，集团管理层在此项工作启动之初就提出了明确的目标：在2005年底之前完成集团会计核算统一工作，2005年集团年报的编制工作就交由这套系统来完成。面临着方案实施的困难和时间要求的紧迫，信息化领导小组没有退缩，而是充分论证、周密布署，并将此次任务的"誓师大会"选在古城西安举行，以秦始皇统一六国的壮举来激发联通上下对完成任务的斗志和信念。在前期调研论证、流程优化、制度体系建设、信息化实施方案选择工作结束之后，联通信息化领导小组需要通过系统的改造、建设以落实流程和制度体系。由于会计核算软件系统改造工程对于IT技术的要求较高，中国联通与相应的软件厂商建立了良好的合作伙伴关系。中国联通采用Hyperion合并报表系统，进行集团财务信息优化和完善。

1. 合并报表系统的建立

在信息化实施过程中，中国联通需要建立合并报表系统，由于合并报表系统是集团建立全面预算、绩效考核和战略决策等系统的平台，因此，合并报表系统必须体现相当的先进性，在充分调研本集团管理需求的基础上，最终选择了海波龙公司的合并报表系统。至此，一个可供各标准半成品组装的"总装工厂"就建成投产了，静待各分公司提供的标准半成品——分公司财务报告了。

2. 会计核算软件版本的统一

会计核算系统的统一、规范是统一集团会计核算的难点和重点所在，会计核算系统改造的对象主要是用友、金算盘、ORICAL三家软件厂商的不同版本的产品，需要将已经制定好的会计科目和财务报表体系固化到会计核算系统中。在充分认识集团财务管理需求的基础上，首先确定了三家厂商相应的高版本作为改造目标，在软件厂商的支持和配合下，对这些目标系统进行改造，将设置的制度体系（主要是会计科目和会计报表体系）落实到目标系统中。由于这一系统位于业务处理系统与合并报表系统之间承上启下的位置，因此，在对系统改造时，也考虑了其与前后两个系统的对接，以确保信息数据在三个数据间畅通无阻地传递。

这些系统改造完成后，在集团网络平台发布这些经过改造的目标系统，各分公司根据本公司原有的产品对应地升级其会计核算软件。当然，这种系统再造工作不是一次就能彻底解决的，通过在各分公司的试运行暴露出各种问题，信息化领导小组再联合厂商解决问题，在试运行阶段，几乎每天都有问题发生，每天都需要发布系统补丁。经过反复调试，最终实现了会计核算软件版本的相对统一。这样，用于生产标准半成品——财务报告的生产车间就建成了，"工艺"制度体系的统一确保了半成品的一致性。

3. 业务处理系统的统一

规范的工艺流程尚不足以确保所产半成品的统一，还需对原材料标准进行统一和规范。由于各分公司以往对经济业务指标的解释不同，业务信息表单和内容格式也不统一，业务处理系统与会计核算系统之间无法进行信息的自动传递。为此，中国联通对经济业务指标解释、业务处理规则、信息表单内容和格式、业务信息进入会计核算系统的审核公式都进行了详细规范，实现了业务处理的统一、业务信息传递的准确、高效。这样，确保了各分公司业务处理系统产出的原材料标准的一致性。

4. 新旧系统间数据的转换

在前述三个系统改造、建设完成之后，如何将数据从旧系统成功地转移至新系统，成为摆在中国联通面前的又一道难题。在软件厂商的支持与配合下，中国联通与各厂商创造性地开发出用于数据在相应产品的新、旧系统之间进行传递的转换工具，即针对不同软件产品分别开发出相应的转换工具，通过转换工具将旧系统中的有关数据转入一个过渡性的平台中，再通过转换工具从过渡性平台转入新系统中。

七、中国联通财务信息系统完善实施结果

中国联通于2006年3月6～25日期间通过新的信息系统和手工系统并行的方式完成了2005年12月红筹公司的年报披露工作。

2006年4月底，中国联通通过第二次的系统并行完成了2006年第一季度季报的披露。

问题五：我国企业信息化建设过程中存在的问题？

1. 企业信息化建设缺乏整体规划

企业信息化建设整体规划包括两层含义：首先，从企业角度来看整体规划，规划应与企业中长期发展战略相结合。由于我们企业正处在工业化进程中，尚未掌握完善的现代企业管理方法，企业对自身的发展战略缺乏考虑，因此很难在推进本企业信息化建设方面做好总体规划，这就直接影响到企业信息化建设的成功实施。其次，从企业外部看整体规划，企业信息化规划应与整个城市信息化发展规划相一致。由于政府在构建信息化社会方面的工作也刚刚起步，对构建公共信息网络平台方面的规划还较欠缺。这也制约了企业间的有效沟通与资源共享，阻碍了企业信息化建设进程的顺利发展。

2. 企业信息化建设与企业自身业务运作未达到深度整合

有些企业在信息化建设过程中盲目迷信洋货、系统功能求大求全，使所建造的企业信息化系统与自身业务流程没有交叉点、各自独立，或者事后有交叉点但只起到事后收集数据的作用，以至于实施以后成效甚微。只有建设与业务系统深度整合的信息系统，信息化才真正对企业产生价值，才有可能用信息系统去创新业务流程，才有可能用信息系统去推进企业变革甚至创造新的商业模式。

3. 企业信息化建设的惧怕情绪

"不搞信息化等死，搞信息化找死"的顺口溜从另一侧面反映了企业信息化建设的问题，有些企业很早就进行了企业信息化建设，但由于系统的不成熟，误区、盲目的投入等导致投入大、收效小，从而产生"惧怕"推进企业信息化建设的情绪。

4. 企业信息化建设缺乏针对性

在推进企业信息化建设进程中，缺乏大量的熟悉企业特点，熟悉企业业务流程，熟悉企业管理特色的公司协助企业推进信息化进程。因此，有的企业采用拿来主义，照搬套用，方案论证过程中缺乏系统的需求分析，实施过程中又缺乏量身定制的二次开发能力，使得所建造的信息化系统缺乏针对性和实用性，实施后效果不佳。

5. 企业信息化建设与企业基础信息资源建设不同步

在推进企业信息化建设过程中，需要有效整合和充分利用企业各种信息资源。在建立计算机网络和开发应用系统的同时，企业信息资源的规划、收集、整理和建设必须同步进行，甚至先行一步。否则必然会造成有些企业在信息系统软硬件完成后，出现有了好"路"，但好"车"不足甚至出现"好路跑慢车"的现象。

问题六：企业信息化建设的一般原则？

1. 系统规划

企业信息化建设首先要进行充分的立项准备和需求分析，设计具体实施方案，应设计多个方案，进行优化比较，选择综合考评为最佳的方案，最后再实施应用软件。

2. 分步投入

企业信息化建设的总体投入巨大，尤其是大型国有企业或集团公司，一次性投入不实际，也不科学，同样不符合信息化建设的从小到大、从简单到复杂、从低级到高级的发展规律。所以，根据项目的科学系统规划，应有计划有安排地分步投入。

3. 逐步实施

企业信息化的立项准备：形成高度统一的共识；制定明确的实施目标；找出企业业务流程与信息化系统的结合点；建立严格规范的实施制度；建立完整、精确、统一的基础数据库。

实施步骤：开展全员培训；重组业务流程；组织具体实施；网络系统平台建设、OA建设和应用软件开发，根据方案设计的项目工程进度，按计划逐步实施；应用水平提高。

问题七：怎样进行信息化建设？

1. 企业信息化的立项准备

企业的基本要素可分为硬件和软件两大类，其中硬件包括客户、设备、产品和资金，软件包括服务、营销、技术和制度。这些要素间的相互协调和平衡构成企业的"机能网络"，借助信息化手段就可以对以上资源进行网式互动管理。企业信息化强调各部门的通力合作，对人员素质要求相对较高，因此，在实施前必须做好缜密规划和充分准备。

（1）形成高度统一的共识。企业信息化不仅涉及资金和人力的投入，更涉及企业各部门之间协调配合的大量实际问题。企业信息化项目实施以前，务必统一企业高层和各业务部门的思想认识，让IT部门充分把握企业决策层的思想，提高在企业中的权威，确保项目实施顺利推进。

（2）制定明确的实施目标。坚持自主创新与对外合作相结合的原则，不能盲从咨询公司或软件服务商，因为经验再丰富的咨询或软件专家也不可能比企业高层更了解企业自身的问题所在。因此，要组织扎实细致的需求分析，清楚地知道"瓶颈"的位置，才能制定出具体的实施目标。如：产品交货周期控制的具体时间，库存资金的平均占用率等。

（3）找出企业业务流程与信息化系统的结合点。在确立目标以后，就要深入了解信息化系统所提供的实施方法，通过不断调整企业自身的业务流程、组织功能和系统方案，寻找两者的最佳接点。如：企业一切经营活动必须符合以销定产的原则，只有把分销系统和应用系统后的生产和供应等完成实际对接，才能确保实施后不致出现矛盾。

（4）建立严格规范的实施制度。成立由企业高层、业务骨干和服务商组成的项目实施工作小组，明确各自职责。一般由企业高层负责整个项目的决策和协调，服务商根据企业要求定制系统模块和功能，企业的财务、采购、生产、销售、仓库等业务部门描述业务流程和具体方案，企业的IT部门则负责数据管理和系统维护工作，并做好业务部门与服务商之间的沟通；最后制定出分工落实到位、管理层次清晰、责权利明确的实施方案及细则，层层分解到各部门和人员。落实领导联系制和部门责任制，避免项目推进过程中出现"无人管"和"无法管"的现象。

（5）建立完整、精确、统一的基础数据库。有人用"企业信息化3分技术，7分组织，12分数据"来形容数据的重要性。

2. 企业信息化的实施步骤

（1）开展全员培训。进行信息化及管理知识的培训是项目实施过程中的一个基础环节，应组织业务与技术骨干配合服务商，尽快实现技术对接和知识转移。此外，多角度、分层次地对企业全员进行理念灌输和操作培训是必不可少的。通过有步骤、全方位的培训，营造项目实施的理论环境和知识平台。

（2）重组业务流程。业务流程是信息化系统的提纲，只有提纲清晰，才能纲举目张。按要求绘制当前运行的组织结构和业务流程，与服务商共同对设计、采购、生产、销售、库存、财务等管理流程进行优化或重组，确定组织功能进行结构调整的有效途径和具体方式。

（3）组织具体实施。全程贯彻"整体规划、分步实施"的原则，把企业的当前需要与长远发展结合起来。通常是将项目分解为财务、采购、生产、销售、库存等几个模块逐一实施。加强对项目实施进度的组织与管理，严格控制系统实施内容和范围的随意变动。按实施要求，对各类基础数据进行整理与核对，确保录入系统的数据正确有效。

（4）改善绩效评价机制。项目正式实施进入正常状态一段时间后，就要对照系统实施目标，对企业业务流程各节点和运营链进行业绩和效能的评价，具体考核以下三个方面是否取得突破性进展：一是通过预算编制、执行和评价过程，强化企业的监控指导职能；二是通过随时可以查询的各类报表及业务信息，便于公司决策层针对市场变化及时做出反应；三是通过不断积累的业务数据和分析指标，提高资源流同步化能力和系统决策水平。改善措施要遵循"企业竞争力最大化"原则，涉及具体部门的特殊业务需求，要与服务商论证后分别对系统予以修正，使系统更贴近运营方式，确保健康稳定运行。

（5）提高应用水平。系统的成功上线仅仅是企业信息化的起步，重要的是在以后的应用中发挥其作用。首先是要充分利用系统，不断获得经营战略和经济效益的投资回报。同时要尽快建立起自己的咨询与系统维护队伍，并积极培养系统应用与维护的后续梯队，推动企业持续性的管理变革与应用深化。

案 例

中国石油西南销售分公司财务信息系统建设

中国石油西南销售分公司（简称"西南公司"）隶属于中国石油天然气股份有限公司（简称"中国石油"），属炼油和销售板块，主要从事汽油、柴油、煤油的批发和零售业务。西南公司与东北、西北、华东、华北四大区一起，成为中国石油的五大分公司。

西南公司的信息化和很多成长型企业的信息化过程一样，最开始都是出于一种自发行为，基于当时最基本的应用需求和岗位需要，与石油销售的主营业务结合起来，完成了业务统计、运输、发油的调运信息系统等简单的业务应用程序，之后再把数据进行统计、汇总，做初步的分析和计划。随着公司的成长以及计算机和网络技术的快速发展，建立一套技术先进、功能完善、适合石油行业应用的石油财务系统，以适应快速发展的财务核算需求，显得越来越迫切。

转机出现在1998年，这一年中国石油在全集团公司中统一实施财务信息系统，西南公司也包括在内。1999年6月，"中国石油财务信息系统"开始在西南公司使用。西南公司早期的财务系统是CS结构，基于PC服务器，选用SCO的Unix Open Server和Sybase的数据库。随着财务系统的完善和提高，财务信息系统的版本也由当初的3.0版发展到5.0版、5.5版。目前，西南公司财务系统全面升级到6.0版。

技术升级带来机遇。采用基于Sun平台的财务系统6.0集中管理后，整个公司只有一套账，减少中间环节，提高效率，出报表只需用一天的时间。这样，每月月底财务报表可立即出来。财务报表是公司内部经营核心优劣的体现，报表报出快，信息批露及时，才能符合广大股东的要求。更重要的是，该系统大大提高报表信息的利用率，这反映出公司在严格管理、优化结构、技术创新和提高运营效率等方面取得的成果。

5.2 沟通机制

问题：如何实现良好的沟通？

沟通是指企业内部成员观念和资讯传达与了解的过程，包括企业内部向下、向上和横向沟通，需按某种有效的方式在某种程度内，及时地把信息传送给那些需要借这些信息而履行其控制责任和其他责任的人员。同时，沟通还包括与外界个体如供应商、顾客、利益相关者等之间的信息交流。

1. 内部沟通

充分的内部沟通对于企业控制环境、控制作业、风险评估等各方面都起着至关重要的作用，企业所采取的沟通方式要能够达到顺畅沟通的目的，使员工们了解自己应承担的责任、应实现的目标以及这些目标对企业的影响。有效的信息沟通需要合理考虑来自不同部门和岗位、不同渠道的相关信息，并进行合理筛选和相互核对。企业应当采取互联网络、电子邮件、电话传真、信息快报、例行会议、专题报告、调查研究、员工手册、教育培训、内部刊物等多种方式，实现所需的内部信息和外部信息在企业内部准确、及时地传递和共享，从而确保董事会、管理层和企业员工之间有效沟通。

2. 外部沟通

良好的内部控制，不但要有适当的内部沟通，外部沟通也是必不可少的，企业有责任建立良好的外部沟通渠道，对外部有关方面的建议、投诉和收到的其他信息进行记录，并及时予以处理、反馈。有效的外部沟通既可以扩大企业的影响力，还可以获得很多有效内部控制的重要信息。外部沟通应当重点关注以下方面：

（1）与投资者和债权人的沟通。企业应当根据《中华人民共和国公司法》、《中华人民共和国证券法》等法律法规、企业章程的规定，通过股东大会、投资者会议、定向信息报告等方式，及时向投资者报告企业的战略规划、经营方针、投融资计划、年度预算、经营成果、财务状况、利润分配方案以及重大担保、合并分立、资产重组等方面的信息，听取投资者的意见和要求，妥善处理企业与投资者之间的关系。

（2）与客户、供应商的沟通。企业可以通过客户座谈会、走访客户等多种形式，定期听取客户对消费偏好、销售政策、产品质量、售后服务、货款结算等方面的意见和建议，收集客户需求和客户的意见，妥善解决可能存在的控制不当问题；企业可以通过供需见面会、订货会、业务洽谈会等多种形式与供应商就供货渠道、产品质量、技术性能、交易价格、信用政策、结算方式等问题进行沟通，及时发现可能存在的控制不当问题。

（3）与监管机构的沟通。企业应当及时向监管机构了解监管政策、监管要求及其变化，并相应完善自身的管理制度；同时，认真了解自身存在的问题，积极反映诉求和建议，努力加强与监管机构的协调。

（4）与中介机构的沟通。企业应当定期与外部审计师进行会晤，听取外部审计师有关财务报表审计、内部控制等方面的建议，以保证内部控制的有效运行以及双方工作的协调。企业可以根据法定要求和实际需要，聘请律师参与有关重大业务、项目和法律纠纷的处理，并保持与律师的有效沟通。

案 例

中海石油成功应对《萨班斯法案》

《萨班斯法案》是一项强制性法案，无论是美国本土的上市公司，还是在美国上市的非美国公司，包括目前70余家在美国上市的中国企业，都必须遵从《萨班斯法案》的规定。其第404条款（SOX404）要求上市公司在年报中增加对公司当年财务报告内部控制机制的有效性进行评估的内容，同时外部审计师对上述评价发表意见。

作为在美上市的企业，按最新要求，中海石油（中国）应于2006年12月31日前执行该法案，即在2006年年报中要按该法案规定披露相关内容，并且此后每年都要进行这项工作。中国海洋石油有限公司主要业务是对中国近海地区的石油天然气资源进行勘探、开发及生产，是中国主要的石油及天然气生产商之一。中国海洋石油有限公司分别在美国纽约证券交易所和香港联合交易所上市。

据安永对50家海外在美上市的企业对SOX项目执行情况的调查报告，近70%的企业选择了信息系统来帮助企业进行《SOX法案》遵从，信息系统能帮助企业更好地制定测试策略，监督项目进展，更快、更有效地管理整改工作。中海石油为了更好地实施《萨班斯法案》遵从项目，降低法案遵从成本，提高实施工作的效率和效力，规范SOX404实施项目管理工作，以及为公司内部控制评价和报告体系建立一个可持续的平台，在2005年8月决定采用信息化系统来展开内控工作，经过几轮评选后，中国海洋石油有限公司决定使用IBM的法案遵从软件WBCR（Workplace for Business Controls and Reporting）来辅助其内控工作的开展，项目由慧点科技负责实施。

WBCR是由IBM公司开发的用于内部控制管理和评估的一套软件，帮助企业记录、测试评估和报告企业内部业务控制的各个方面。WBCR的使用帮助中海石油达到以下目标：

（1）能够帮助管理层评估公司遵守SOX404的情况，保证内控报告的质量，提升管理层签署内控报告的信心。

（2）公司管理层，特别是高级管理层能够系统、实时、主动地检查公司内控信息，并可发布相关工作指令。

（3）能够记录公司业务流程、识别风险和控制方法，实现内控评价流程的标准化、自动化。

（4）提高实施文档处理的自动化程度，实现集中性的文档维护和管理。

（5）明确业务流程、组织部门甚至是个人控制的责任，提高内控的透明度。

（6）规范公司SOX404测试工作的程序，提高SOX404测试工作效率，加强工作质量保证。

（7）降低沟通协调的人力成本，提供便利的查询功能。

（8）可依赖系统生成的内控报告进行分析。

（9）降低遵从《SOX法案》的长期成本，提高内部控制环境的整体效率。

（10）统一国内公司与海外公司的内部控制标准和实施要求。

随着企业的不断壮大，主体结构或发展方向、员工人数及素质、生产技术或流程等方面会相应地发生变化。企业风险管理的有效性受其影响，曾经有效的风险应对策略可能会变得不相关，控制活动可能不再有效甚至不被执行。面对这些变化，企业管理层需要实施必要的监督检查来确保内部控制的持续和有效运行。

6.1 监督控制及其方式

问题一：何谓监督控制？

监督控制，是指企业对其内部控制的健全性、合理性和有效性进行监督检查与评估，形成书面检查报告并做出相应处理的过程。企业应当利用信息与沟通情况，提高监督检查工作的针对性和时效性；同时，通过实施监督检查，不断提高信息与沟通的质量和效率。

监督控制的方式主要包括持续性监控和专项监控等。持续性监督检查，是指企业对建立和实施内部控制的整体情况所进行的连续的、全面的、系统的、动态的监督检查；专项监督检查，是指企业对内部控制建立与实施的某一方面或者某些方面的情况所进行的不定期的、有针对性的监督检查。持续性监督检查和专项监督检查应当有机结合。

问题二：如何做到有效的持续性监控？

持续性监控是企业风险管理对环境改变做出的动态反应，它存在于单位管理活动之中，能较快地辨识问题。持续性监控的程度越高，其有效性就越高，则企业所需的个别评估就越少。为了能有效地做好持续性监督，企业应采取以下措施。

1. 维护、变更、监督和考评控制活动

企业应对内部控制的体系进行维护，规范标准变更、监督及考评等控制活动，以保证内部控制体系有效运行。

2．获得内部控制执行的证据

获得内部控制执行的证据，是指企业员工在实施日常生产经营活动时，取得必要的、相关的证据证明内部控制系统发挥功能的程度。主要包括以下几个方面内容：①企业管理层搜集汇总各部门的信息、出现的问题，监督各方面的工作进展；②相关职能部门进行自我检查、监督，确保内部控制体系的有效运行，对发现的问题进行记录并提出解决方案，通过修改管理文件完善内部控制系统；内部控制部门监督、检查相关单位内部控制体系的运行情况。

3．印证内外信息

内外信息印证，是指来自外部相关方的信息支持内部产生的结果或反映出内部的问题，主要包括以下两个方面：来自监管部门的信息，企业接收监管部门的监督，汇总、分析监管反馈信息，制定整改措施；来自客户的信息，企业通过各种方式与客户沟通，搜集客户信息，制定整改措施并监督该措施的执行。

4．核对会计记录与实物资产

企业应定期将会计记录的数据与实物资产进行比较，做到账实相符。

5．反馈内外部审计建议

内外部审计建议的反馈，是指企业对内外部审计师定期提供加强风险管理建议所做出的反馈。审计师把注意力集中在关键的风险和相对应的控制活动设计上，确定其潜在的缺陷，并提出建议。企业应对这些建议做出积极的响应，并根据实际情况做出整改方案并监督该方案的执行情况。

6．管理层对内部控制执行的监督

管理层应通过各种方式了解内部控制的执行情况及控制缺陷的反馈情况，主要有以下几种渠道：审计委员会接收、保留及处理各种投诉及举报，并保证其保密性；管理层在培训、会议上了解内部控制的执行情况；管理层认真审核员工提出的各项合理建议，并不断完善建议机制；监督管理部门定期组织专项检查和调研，对出现的问题提出整改建议。

7．定期考核员工

企业制定了《员工职业道德规范》、《高层管理人员职业道德规范》等相关文件，并以书面形式下发，管理人员应定期考核员工是否真正理解并遵守这些规范，监督管理部门协同人力资源部根据高层管理者的授权监督员工对职业道德规范的执行情况。

8. 保证内部审计活动的有效性

企业应制定内部审计规范，明确审计的范围、责任和计划，并以此为基础合理配置审计人员，并要求他们遵守企业职业道德规范及内部审计规范；审计部门应具有适当的地位并有足够的资源履行其职责；审计部门根据授权可以参加有关经营及财务管理的决策会议，对管理中存在的薄弱环节、违反国家法律法规的行为、内部控制管理漏洞，向管理层及时提出整改意见。

问题三：如何进行专项监控？

尽管持续监控程序可提供内部控制其他要素是否有效的信息，但企业有时需要针对某一个或几个问题直接来检查内部控制制度，这种做法也有利于考核持续监督程序是否一直有效。对于专项监控，需要注意以下几个方面。

1. 选定评估主体

通常的评估，采用自我评估的方式，即特定单位或部门的负责人决定评估后，根据国家法律法规要求和企业授权，采取适当的程序和方法，对内部控制的建立与实施情况进行评估，形成检查结论并出具书面检查报告，再由管理层对各个部门的评估结果进行考核。内部审计部门是进行内部控制评估的主要力量，董事会所属审计委员会或者子公司或分部管理层辅以帮助，同时也可以借助外部审计的力量。评估主体应当加强队伍职业道德建设和业务能力建设，不断提高监督检查工作的质量和效率，树立并增强监督检查的权威性。

2. 确定监控的范围及频率

企业内部控制的范围和频率各不相同，取决于风险的重大性以及对企业经营管理的影响性。对于个别评估来讲，在选定评估主体后，应在内部控制系统中选择适当的部分进行评估，其范围、覆盖的深度和频率应满足企业内部控制需要。

企业应制定内部控制体系验收检查方案及标准，并逐步开展涵盖内部控制体系框架所有内容的验收测试工作，检查内部控制体系运行的有效性。

内部控制管理部门每年对重要的会计科目、披露事项、重要业务流程进行更新和确认，定期组织相关部门对关键控制管理文件进行修改和完善。

3. 选择监控方法

常用的评估方法包括核对清单、调查问卷和流程图技术等，也有些企业将风险管理作为标杆，重点将风险管理构成要素在企业间进行比较。企业应派专人负责评估工作，制定评估程序，选择适合的方式进行评估。

4. 开展监控过程

评估内部控制制度本身就是一个过程，评估者必须了解涉及每个内部控制制度的组成要素，了解制度的实际运行情况与原设计有何不同，各种变更是否适当；进而比较设计与执行之间的差距，并确认控制制度对已定目标的达成是否能够提供合理保证。

（1）组织测试人员开展测试前的培训，了解内部控制制度的构成要素、测试程序、方式和方法，以保证测试工作顺畅、有效；

（2）测试人员通过现场调查及符合性测试等方法评估单位内部控制体系的运行情况；

（3）测试人员将测试结果进行记录，编制测试结果报告及缺陷报告；

（4）文档记录。

问题四：如何反馈监督控制意见？

企业应编制书面的内部控制文档、政策手册、正式的组织结构图、职位描述、操作指示等，以支持企业内部控制有效地开展；对于内部控制制度的评估和测试结果，也应计入正式文档。

企业对在监督检查过程中发现的内部控制缺陷，应当采取适当的形式及时进行报告。对于监督检查中发现的重大缺陷或者重大风险，应当及时向董事长、审计委员会和经理汇报。

6.2 内部审计

问题一：何谓企业内部审计？

企业内部审计是企业内部的一种独立的、客观的监督、评价和咨询活动，它的目的是发现并预防错误和舞弊，提高企业的运作效率，为企业增加价值。它采取系统化、规范化的方法对企业的内部控制、风险管理进行检查和评价，并提供建议等咨询服务，来提高它们的效率，从而帮助实现企业的目标。与外部审计相比，企业内部审计具有相对独立性、内向服务性、范围广泛性和形式灵活性的特点。

背景资料　　　　　　　　　　　　　**内部审计的定义**

国际内部审计师协会（IIA）关于内部审计的最新定义（1999年）：内部审计是一种独立、客观的保证与咨询活动，它的目的是为机构增加价值并提高机构的运作效率。它采取系统化、规范化的方法来对风险管理、控制及治理程序进行评价，提高它们的效率，从而帮助实现机构目标。IIA的定义在肯定检查和评价的基础上又强调了内部审计也要提供建议等咨询服务，以便更好地实现其提高效率、增加价值的目标。这种认识明显领先于其他定义。在对内部审计范围的界定上，IIA的定义也显示了它的优越性，对审计的范围不再使用"经营活动"的提法，而是将其具体为：风险管理、（内部）控制和治理程序；此外，IIA的定义第一次提出了内部审计的目的之一是为机构增加价值，明确了内部审计是一种增值活动，赋予了内部审计更强的生命力。其他定义虽也不同程度地蕴涵了这种思想，但均未明确表达。

美国著名的内部审计学家劳伦斯 B. 索耶（L. B. Sawyer）在《现代内部审计实务》一书中定义：内部审计是对组织中各类业务和控制进行独立评价，以确定是否遵循公认的方针和程序，是否符合规定的标准，是否有效地使用资源，是否正在实现组织的目标。他还一再强调，内部审计要向经营活动和管理活动延伸，内部审计应该检查、评价各项经济活动的节约性、效率性和效果性。

英国会计师团体咨询委员会对内部审计的定义：内部审计是一个组织的管理当局把对内部控制制度的检查作为服务于组织而建立起来的一种独立性的评价活动，它客观地检查、评价和报告内部控制制度，为经济有效地利用资源做出贡献。

日本《新版会计学大词典》对内部审计的定义：内部审计不同于以往注册会计师为代表的外部审计，它是企业内部工作人员为了经营管理目的而对企业各种经营管理活动进行检查和评价的审计。内部审计的本质在于，作为企业经营者的管理机能的一部分，对经营者使用的各种经营管理手段是否妥善和有效进行检查和评价，以供经营者考虑采纳。

我国内部审计协会对内部审计的定义（2003年）：内部审计是指组织内部的一种独立客观的监督和评价活动，它通过审查和评价经营活动及内部控制的适当性、合法性和有效性来促进组织目标的实现。该定义很大程度上借鉴了IIA的定义。

背景资料　　　　　　　　我国内部审计的发展

"内部审计的产生和发展是一个漫长的历史过程,至今已经历了古代内部审计、近代内部审计和现代内部审计三个发展阶段。"企业内部审计的发展历史主要集中在近代和现代两个阶段,而我国企业内部审计的历史则主要是近20余年的事情,而且是依照行政指令强制建立起来的,具有浓厚的计划经济色彩。

1983年,国家审计署成立,开始"着手组织开展内部审计工作,要求有关主管部门及大中型企事业单位根据工作需要设立内部审计机构,或配备内审人员,实行内部审计监督",要求"内部审计工作不仅要实施财务审计,还要实施经济效益审计"。

1987年,我国成立了内部审计学会,同年加入国际内部审计师协会。近年来,我国内部审计协会陆续颁布了《内部审计基本准则》、《内审人员职业道德规范》和内部审计具体准则等一系列执业规范,大大推动了我国内部审计工作的发展。

问题二：内部审计与内部控制、风险管理的关系？

内部审计、内部控制和风险管理三者之间相互依存,相互作用,形成一个有机的整体,贯穿于企业经营管理的始终,共同服务于企业的战略、目标。风险管理为内部控制和内部审计提供了逻辑起点,也为内部审计和内部控制指明了努力的方向;内部控制为风险管理提供了控制机制,也为内部审计提供了审计对象;内部审计不仅直接以风险管理和内部控制作为检查和评价的对象,而且通过咨询服务帮助风险管理和内部控制的完善和优化。图6-1在要素层面描述了内部审计、内部控制与风险管理之间的关系。

问题三：内部审计在公司治理结构中处于何种地位？

在国际上,公司内部审计部门的隶属关系大体上可分为三种类型:董事会领导模式、监事会领导模式和总经理领导模式。

(1)监事会领导模式:内部审计部门直接由监事会领导,在监事会领导下对公司财务情况和董事、经理的经济行为和经济责任进行审计。这种组织模式的好处在于壮大了监事会的力量,监事会可以利用内部审计部门的工作更好地履行监督职能。但是由于监事不能兼任公司的经营管理职务,没有经营管理权,而内部审计的主要任务是通过审计促进企业改善经营管理,提高经济效益,因此这种模式的最大不足是内部审计不能直接服务于经营决策,难以实现其主要任务和目的。

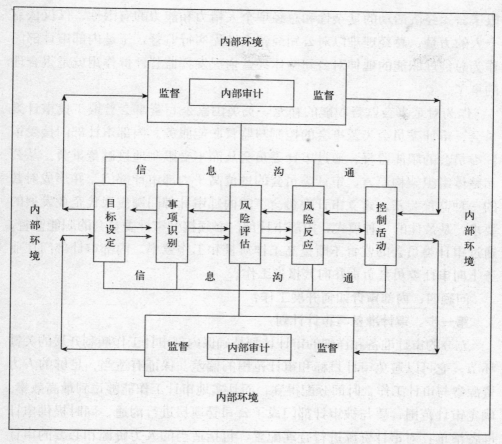

图6-1 内部审计与内部控制、风险管理的关系

（2）董事会领导模式：内部审计部门直接由董事会领导，在董事会领导下对公司经营情况、计划执行情况以及经理职责履行情况进行审计。由于其领导层次较少，地位超脱，相对独立性和权威性最强，有利于董事会对公司大政方针的把握。不足之处在于董事会领导模式势必削弱公司经营的直接领导人和直接责任人（即总经理）对公司经营情况的监督。

（3）总经理领导模式：内部审计部门直接由总经理领导，在总经理领导下对公司整体经营情况和内部控制制度执行情况进行审计。有学者认为总经理领导模式难以对公司财务和总经理的经济责任进行独立的监督与评价。笔者认为对公司财务情况和总经理经济责任的监督和评价正是董事会和监事会的职责所在，而并非应由内部审计部门完成。总经理就公司的整体情况对董事会和股东会负责，总经理应当了解公司发生的每一项业务，限于公司经济活动的复杂性和总经理个人精力和能力的有限性，仅仅依靠个人的力量，总经理难以对公司经营全过程实行监督，于是内部审计部门作为总经理职能的延伸对公司整体经营情况发挥监督评价作用就是很合理的事了。

作为对董事会监督职能的补充，英美国家公司董事会普遍下设审计委员会，审计委员会为董事会的控制与监督职能服务。内部审计部门接受审计委员会的职能监督，通过审计委员会从而不受限制地接触董事会。从公司整体组织架构而言，审计委员会的地位高于内部审计部门，并形成对其的一种监督关系。建立审计委员会下的内部审计部门顺应现代企业发展的要求，是最佳的一种模式，内部审计部门必须接受审计委员会的职能监督，通过审计委员会的监督不断提高工作质量和工作效率。内部审计部门在业务上向审计委员会负责并向其报告工作。

问题四：内部审计如何开展工作?

第一步：审计准备与审计计划

充分的审计准备和详细的审计计划是确保内部审计工作顺利开展的关键环节。它可以避免审计目标和审计范围的偏差，保证有适当、足够的人力资源参与审计工作、时间分配得宜，而且实地审计工作能够达到最高效率。确定审计范围；要与被审计部门或子公司管理层进行沟通，同时提供审计准备清单；对审计资源进行合理配置，包括适当的人力资源和必要的审计工具等；最后就是拟定详细的审计计划，向被审计子公司下发审计通知。

第二步：内控环境与业务流程分析

审计准备工作完成后，进入正式的审计阶段。审计人员首先与部门负责人或子公司高级管理层进行访谈，索取各种资料，包括各种规章制度、业务报告、技术规范等；接下来审计人员对有关资料进行初步审阅，并根据需要进行有限度的简略测试，确定相关文件和审计人员所了解的情况准确无误。

第三步：审计测试

审计测试是开展内部控制审计的重要的方法，也是审计流程的关键一环。审计测试有很多种，如穿行性测试、控制设计测试、符合性测试和实质性测试等测试方法。

（1）穿行性测试。目的是确认流程现状，在对相关业务人员的访谈和相关文件制度审阅的基础上进行。

（2）控制设计测试。目的是检查相关业务流程的内部控制设计，即检查对流程中的各个风险环节是否设计了相应的内部控制活动。控制设计测试在表现形式上与穿行性测试相似，但穿行性测试仅仅是记录流程现状，而内部控制设计测试需要对流程的风险进行分析，识别流程中的控制点和控制活动，然后进行差距分析，确认流程中的内部控制设计是否完善。如果内部控制设计存在缺陷，通常可以确认为一个审计发现。

（3）符合性测试。目的是检查设计的内部控制活动是否在实际中得到有效遵从和执行。符合性测试的关键是测试样本的选择，测试样本要求充分、相关及可靠：数量足以证实审计流程，证据和审计目标相关联，能够反映审计相关流程的客观事实，以便取得相应结论。

（4）实质性测试。该测试是针对内控设计测试中发现的控制缺失或控制失当，以及符合性测试中发现的执行不力等问题点而进行的旨在量化风险的一种测试。

第四步：确认与评估审计发现

对于在审计测试中发现的内部控制缺失或不足，与相关流程或环节的责任人员进行确认。在确认了审计发现之后，就要对每一个审计发现的风险等级进行评估。确认、评估审计发现的风险后，还有一个重要的步骤是针对审计发现的内部控制缺失或不足提出改进建议。

第五步：审计报告

审计报告是一个审计循环的最后步骤，其目的是向被审计单位报告有关内部审计流程的发现及改进建议。审计报告应该以书面形式提交，如果有必要，还需要进行专门的口头报告，以对报告的具体内容进行解释和说明。一份完整的审计报告通常包括：项目目的、工作范围、工作方法、风险评估模型、审计发现及建议、被审计单位的反馈等内容。

问题五：如何保证和提高内部审计质量？

内部审计质量的内涵包括：审计活动的效率，即是否按照审计计划及时、充分地完成了审计工作；审计过程的规范性，即审计过程中是否严格遵循了审计活动的规范，是否保持了审计的独立性和客观性；审计建议的可行性，即提出的审计建议是否具有可操作性；审计活动的增值性，即审计活动是否真正能够为企业增加价值，这也是审计质量的核心要素。保证和提高内部审计质量的关键是要做到以下几点。

（1）加强内部审计的组织保证。建立科学的组织架构、清晰的业务和行政报告关系，保证内部审计部门的独立性，确立内审部门在组织中的地位，取得公司最高管理层的支持是确保内部审计工作顺利、高效、优质开展的基本前提。建立《内部审计章程》等规范文件，明确内部审计的职权范围及其对组织的价值，通过企业风险管理观念和文化的灌输，使企业各个层面的管理人员理解内部审计的重要性。

（2）不断提高内部审计人员素质。内审工作的目标最终要通过一个个内审人员的工作来实现，因此，内审人员自身的素质也是影响内部审计质量的一个基本要素。除了要熟练掌握内部审计的方法、技能、工具外，内审人员需要具备的关键素质还包括：良好的人际沟通技能、敏锐的风险意识、良好的自我学习能力、整合能力等。提高审计人员的素质重点是要做好人员的甄选、培训和绩效考核三项工作。

（3）认真做好审计前的准备工作。充分的审计准备可以避免审计过程中方向的偏差或者出现一些重大的影响审计效率和效果的意外情况。详细的审计计划为审计活动提供明确的时间进度目标，保证开展审计项目所需的各项资源，同时也是评估审计工作开展质量的依据之一。

（4）注意审计方法、技术、工具的合理运用。正确的审计方法、技术和适当的工具的运用，可以帮助审计人员用最短的时间和最少的资源投入达成审计目标。审计测试技术是对审计质量影响最大的因素之一，测试目标的选择、测试抽样的确定、测试结果的分析以及测试结论等方面出现的失当都会直接导致测试的失效。

（5）强化审计规范和工作底稿管理。通过建立详细的内部审计标准和内部审计指引，规范内部审计人员的工作行为，保证审计过程中的独立性和客观性。对审计过程的每一步骤，都要求有完整的工作底稿，主要的工作底稿包括：审计项目计划、访谈记录、审阅过的文件资料清单、审计程序指引、测试方案及结果、审计发现与建议、审计报告（中期）等。所有审计工作底稿都要按照统一的规则编号，建立索引，以备查核和引用。

（6）做好审计报告。审计报告包括阶段性的报告和最终审计报告。审计报告的目的是向管理层或者被审计单位呈现审计成果、解释审计发现、提出审计建议，是内部审计工作价值的体现和展示。因此，审计报告做的好坏，很大程度上影响到整个审计项目的质量。

（7）沟通、沟通、再沟通。内部审计过程是一个审计人员与被审计单位的互动过程，充分的沟通对保证和提高审计质量至关重要。这些沟通包括审计准备阶段的沟通（审计范围、方式、目的、意义等）、审计过程中的沟通（对流程、制度、风险和控制活动的理解等）以及审计发现和建议的沟通（确认、解释、可行性探讨等）。

（8）内部审计质量评估制度化。保证和提高内部审计质量的最后一点就是建立内部审计质量评估制度，使内部审计质量管理制度化。

问题六：何谓内部控制自我评价？

内部控制自我评价（control self assessment，CSA），简单来说，就是企业不定期或定期地对其内部控制系统进行评价，评价内部控制的有效性及其实施的效率效果，以期能更好地实现内部控制的目标。内部控制自我评估是被用来评价企业关键经营目标、围绕该目标实现的风险和为管理该风险而设计的内部控制等的一套新兴的审计技术方法体系。

问题七：内部控制自我评价的基本特征及结构？

控制自我评估的核心理念在于"参与了风险评估的过程并进行了全过程的控制的人才有能力对控制做出有效评价"。显然，进行了全过程的控制的人涵盖企业所有员工。因此，内部控制自我评价特别强调指出，内部控制系统既不是内部审计工作的责任，也不仅仅是高级管理层应关心的问题，相反，应该把它看做所有雇员共同的责任。内部控制自我评价的基本特征包括：参与人员从内部审计人员到业务流程具体执行人员，从业务部门到职能部门，从管理层到作业层员工；评价内容关注业务流程和控制成效；评价方法采用系统化的方法。完整的内部控制自我评价结构包括以下几个方面：

（1）前期计划和前期审计工作。

（2）组织人们在同一时间或同一地点开会，甚至包括有利于交流和活动的座位安排（U字形会议桌）和会议设施，参加人员是管理者，即直接涉及检查中的具体问题的管理人员和其他职员，他们对这些问题最了解，对于适当的程序控制的实施具有重要作用。

（3）结构化的议事日程以使参加人员检查过程的风险和控制。通常这些议事日程都要拟定良好的框架或模型以便确保参加者发现所有的问题。

模型可集中于控制和风险上，也可集中于该项目的理论问题上。

（4）可以有选择地聘用一位书记员对各阶段的现场工作进行记录以及处理电子投票的技术问题，以使参加人员可以不记名地发表自己的感想。

（5）报告和实施行动计划。因为被审计者要对自己的风险和控制活动进行评估，所以也经常用到让过程的负责人填制调查表的方式，但是这种方法不如把人们集中起来开会讨论风险和控制问题更具创新性。然而，为研究起见，内部控制自我评估指的是研讨会方法或更为便利的方法。其他的一些方法是指以调查为基础的自我评估（这种区别的目的在于界定研究的主题，而不是肯定或批评一种方法）。

问题八：内部控制自我评价主要采取哪些方法？

内部控制自我评价主要采取研讨会法、问卷调查法和管理层分析法三种方法。

研讨会法是一种从代表组织不同层次尤其是风险薄弱环节的工作组中收集内部控制信息，召集尽可能多的业务人员共同分享信息、讨论问题的方法。研讨会法不同于一般的会议，它本身不进行任何决策，只提供评价及改进意见。研讨会在具有经验的引导师（Facilitator，通常由对内部控制有一定认识的人担任）的引导下，对内部控制、风险等进行评价并提出改进意见。引导师应接受过有关内控制度设计和一般的简约化技能（facilitation techniques）的训练，他并不参与讨论或对讨论的具体内容表示肯定或否定态度，其角色是引导工作坊的人员围绕工作目标、内部控制和风险等问题做出讨论。引导师只为参与者提供内部控制、风险管理等概念，确定CSA的讨论方法，确保参与者均能自由地发表意见。研讨会一般没有高级管理人员参与，避免参与者因为有高级人员在场而怯于发表意见。

问卷调查法是一种用于只需简单回答是/否或者有/无的调查工具。业务流程的具体操作者使用调查结果去评估他们的控制结构。

管理层分析法是任何不使用上述两种方法的方法。通过该方法，管理层可生成一种业务流程的全员研究。CSA专家（可能是内部审计师）将研究结果与其他经理和关键人物收集的信息结合起来。通过综合这些资料，CSA专家开发出一种业务流程的具体操作者在其CSA中可以运用的分析框架。

一项国际内部审计师协会（IIA）基金资助的研究表明，大部分组织选择研讨会法执行CSA。IIA建议执行一项组织分析来决定如何有效地接受和支持参会者实事求是地发言。如果组织文化属支持性的，IIA 推荐采用研讨会法。如果组织文化不属于支持性的，那么调查问卷的回复和管理层对内控制度的分析能够强化控制环境。

问题九：研讨会法的具体工作形式？

CSA研讨会主要有基于控制、风险、流程和目标的四种基本形式。

1. 基于控制的研讨会形式

该形式的研讨会重点关注内部控制的实际运行状况，即内部控制执行的有效性。CSA专家从高级管理层的视角决定内部控制的目标、技术和运用的程序与方法。通过研讨会，企业管理层可以了解内控制度的实际运行情况，与内控制度设计预期达到的运行效果进行比较分析，确定差异，寻求改进措施。

2. 基于风险的研讨会形式

该形式的研讨会重点关注风险识别和风险管理。该形式研讨会容易为正确行动识别出显著的剩余风险，也较其他方法更易做出全面的自我评估。该形式的研讨会一般遵循以下步骤：首先分析在设定目标中存在哪些风险，然后再探讨利用什么内部控制来管理这些风险，最后分析内部控制运行后的重大剩余风险。例如，销售与收款业务控制目标之一是减少应收账款坏账率，研讨会重点讨论相关风险，即存在什么情况使目标无法达到。在此基础上，制定相应的内部控制程序。然后，研讨会进一步分析在控制程序执行后应收账款仍无法回收的可能性，即显著的剩余风险。

3. 基于流程的研讨会形式

该形式研讨会重点检查所选择过程内的执行活动情况。该研讨会的意图是评价、更新或改进选择过程。除确定评估目标外，专家也决定哪些流程能在研讨会召开之前很好地满足关键经营目标实现的需要。该研讨会形式具有比基于控制的研讨会形式更加宽广的分析幅度，能够使流程再造的努力或团队积极的质量行动更加有效。

4. 基于目标的研讨会形式

该形式的研讨会重点关注完成目标的最优途径的选择方面。目标是否由专家决定不得而知，但来自工作团队的显著投入却是最主要的。研讨会的目的是确定是否选择了最佳的内控技术，是否这些技术在可接受的剩余风险水平下得到有效的运行。

在实践中，企业往往同时使用一种以上的形式组合。

案 例
内部控制自我评价在宝钢国际的运用

上海宝钢国际经济贸易有限公司（简称宝钢国际）是上海宝钢集团公司的全资子公司，是一家集矿业、钢材贸易、加工配送、金属资源业、设备工程业、钢制品业、物流业、电子商务业和汽车贸易于一体的综合性贸易公司。宝钢国际管理层认为，提高管理水平，完善内部控制制度是公司发展和治理的需要。而且，完善的内部控制是ERP实施和业务流程优化的保证。所以,对内部控制状况展开全面、系统地评价就成为当务之急。内部控制自我评价突破传统审计的理念，由内部审计师和业务流程的具体操作者共同对其内部控制状况定期进行有效评估，因此，宝钢国际最终选择了内部控制自我评价方法。

宝钢国际在运用内部控制自我评价过程中，着重从以下四个方面入手：

（1）管理者的支持。内部控制自我评价开始于内部审计部门和其他管理部门间良好的合作关系和相互的理解。内部审计人员应清楚地理解单位的文化、政治和环境，这些知识将有助于确立最适当的评价框架，管理者还要根据需要建立工作小组并了解小组及其成员。

（2）研讨会的召开。召开研讨会有助于对选题进行交流和探讨，研讨会的基调是双向发现问题和共同分享信息，参加研讨会的对象应尽可能多，与讨论的业务流程相关的人员，特别是风险薄弱环节的工作人员必须到场参加讨论。现场讨论应做到人尽其言，所有的观点都应记录在案。

（3）自我评估报告。报告主要有三个部分：本次评价的内部控制范围和评价过程中的特殊情况；内部控制各个环节的风险程度，可用热力图来表示（风险最高的是红色，较高的是黄色，其次是深绿色，再次是浅蓝色，风险最低的为白色）；对标红色和黄色的高风险环节进行具体陈述，说明其状况、影响，并提出改进方案和方案的完成时间、责任人。如果对该高风险管理层决定不采取措施，而是承受这一风险，应有管理层的书面承诺。

（4）行动计划。行动计划是实施内部控制自我评价的必然结果。内部控制自我评价帮助被评价单位建立一个大家共同认同的目标，所有的问题虽不会立即解决，但能有效地控制风险，使被审计单位向预定目标前进。在制定行动计划时应特别关注控制点和相应的控制措施。不同的控制点，有着不同的业务内容和控制目标，因此需要采取不同的控制措施，才能预防和发现各种错弊。不同行业、公司为实现控制目标所采取的控制措施也可能相去甚远，不能穷尽，需要审计师根据具体情况，运用职业判断能力进行确认。

在进行充分的准备工作后，宝钢国际按照以下步骤开展内部控制自我评价活动：

（1）前期计划工作。取得管理层的支持，组织评价小组，并对相关部门中高级管理者和评价小组成员进行讲解和培训。有必要时可以聘请外部中介机构提供帮助。

（2）风险初步确定。通过访谈和穿行测试，确定了内部控制评价范围，设计并发放调查问卷；通过反馈的问卷，分析内部控制的薄弱环节，列入研讨会讨论重点。

（3）研讨会的组织与召开。确定参加人员和会议时间，提前通知参加人员并提供讨论大纲。使用独立的会议室，使用电子投票设备或其他匿名投票方式以最大限度保证与会人员的意见不受他人影响。每次研讨会，评价小组都指定一位会议主席主持研讨会，并安排书记员及时记录。所提的问题和讨论应紧紧围绕高风险的内部控制的薄弱环节，会议主席应激发所有与会人员充分发表意见、独立思考，并针对内部控制的缺失提出建设性的改善建议。

（4）出具内部控制自我评估报告。评价小组把讨论的问题归类整理，认真分析，并适当做出中肯的评论。我们运用热力图的方式表达各个具体评价对象的风险程度，在每个高风险点后都应有集体讨论后提出的内部控制完善措施和责任人、完成时间。

（5）落实整改措施。落实整改是内部控制持续完善的关键一步，也是开展内部控制评价的最终目的。审计部在业务人员实施整改后安排后续追踪，同时，还运用调查问卷的方法了解员工对其的认知度，以及对本次内控评价的看法和建议，以便于在下次评价活动中进一步完善工作方法。

内部控制自我评价实施后，有效地改进了企业内部控制制度，极大地提升了风险认知和管理能力，受到了管理层和全体员工的好评。

6.3 内部控制缺陷报告

问题一：何谓内部控制缺陷？

内部控制缺陷是指内部控制的设计存在漏洞，不能有效防范错误与舞弊，或者内部控制的运行存在弱点和偏差，不能及时发现并纠正错误与舞弊的情形。重大缺陷，是指业已发现的可能严重影响财务报告的真实可靠和资产的安全完整性的内部控制缺陷。

问题二：如何完善内部控制缺陷报告体系？

1. 监督检查活动的信息反馈

内部缺陷的信息来源于企业内部和外部，企业应具有敏锐的嗅觉，及时发现并报告，以确保管理层及内部控制部门能够有效地整改、完善内部控制制度。

（1）企业应制定《缺陷报告管理制度》，明确报告的职责、报告的内容、报告缺陷的标准及报告程序；

（2）相关的职能部门、单位定期或不定期的对企业内部控制执行情况进行自查及互查，对发现的问题进行记录并采取有效的整改措施；

（3）企业汇集从外部获取的相关信息，分析、发现内部控制可能出现的缺陷，制定整改措施并监督该措施的执行情况；

（4）审计部门每年进行常规的审计和内部控制专项审计，根据发现的问题，查找内部控制方面存在的缺陷，提出改进和加强管理的建议；

（5）监管部门应通过信访受理，发现企业内部控制存在的问题，并做出有效整改。

2. 完善报告机制

员工发现内部控制的缺陷时，不仅要向该组织的相关负责人报告，同时还要向直接负责人至少高一级的主管报告，使其可采取有效的矫正活动。对于特殊或敏感的信息，企业应设置其他沟通渠道。

（1）企业应制定重大、特大事件报告制度；

（2）相关单位对在工作中发现内部控制的问题或缺陷，及时以书面的形式向其主管上级报告；

（3）内部控制部门定期或不定期的汇报新出现的风险。

3. 监督整改措施实施

识别出的缺陷和问题，应得到及时的改正，这个过程应受到管理部门的监督。

(1) 审计委员会对内部控制的调查结果和管理层的反馈进行研究分析；

(2) 管理层授权相关部门对发现的内部控制缺陷进行调查、分析，提出整改建议，采取纠正措施，并监督措施的执行情况；

(3) 监督管理部门通过实施信访机制，发现内部控制存在的缺陷和问题，进行适当的处理并实施改进措施；

(4) 企业发生重大及特大事故后，应配合相关部门的调查，落实事故调查报告中的处理意见和防范措施建议；

(5) 内部控制部门负责跟踪检查内外审计师提出的管理建议和内部控制整改建议的实施情况。

参考文献

[1] COSO委员会. 企业风险管理: 应用技术[M]. 张宜霞, 译. 大连: 东北财经大学出版社, 2006.

[2] COSO委员会. 企业风险管理整合框架[M]. 方红星, 王宏, 译. 大连: 东北财经大学出版社, 2005.

[3] 陈宇. 国际内部审计准则理念的发展及启示[J]. 审计与经济研究, 2004(5).

[4] 程新生. 企业内部控制[M]. 北京: 高等教育出版社, 2008.

[5] 单广荣. 基于网络环境下的会计信息系统内部控制[J]. 财会研究, 2002(7).

[6] 龚杰, 方时雄. 企业内部控制: 理论、方法与案例[M]. 杭州: 浙江大学出版社, 2006.

[7] 贡华章. 中油集团内部控制探索与实践[J]. 会计研究, 2004(8).

[8] 国际内部审计师协会. 内部审计实务标准[M]. 北京: 中国时代经济出版社, 2002.

[9] 金彧昉, 李若山, 徐明磊. COSO报告下的内部控制新发展——从中航油事件看企业风险管理[J]. 会计研究, 2005(2).

[10] 李凤鸣. 企业风险管理[J]. 审计与经济研究, 2003(1).

[11] 李连华. 内部控制理论结构: 控制效率的思想基础与政策建议[M]. 厦门: 厦门大学出版社, 2007.

[12] 李若山, 徐明磊. COSO报告下的内部控制新发展[J]. 会计研究, 2005(2).

[13] 林丽华, 王戍. 内部控制与风险管理[J]. 中国审计, 2004(9).

[14] 宋建波. 企业内部控制[M]. 北京: 中国人民大学出版社, 2004.

[15] 王海林. 价值链内部控制[M]. 北京: 经济科学出版社, 2007.

[16] 王立彦, 徐浩萍, 赵熙. 会计控制与信息系统[M]. 大连: 东北财经大学出版社, 2005.

[17] 王青松．企业内部控制与全面风险管理[J]．山西财经大学学报，2008(1).

[18] 吴艳，徐炜．基于COSO报告构建会计信息系统内部控制制度[J]．软件导刊，2005(22).

[19] 夏恩·桑德．会计与控制理论[M]．方红星，等译．大连：东北财经大学出版社，2000.

[20] 谢荣，钟凌．商业银行内部控制研究[M]．北京：经济科学出版社，2004.

[21] 谢志华．内部控制、公司治理、风险管理：关系与整合[J]．会计研究，2007(10).

[22] 徐哲，潘志芳．内部审计与企业内部控制环境建设[J]．财会通讯（学术版），2008(1).

[23] 杨胜雄．内部控制理论研究新视野[J]．会计研究，2005(7).

[24] 杨有红．企业内部控制框架：构建与运行[M]．杭州：浙江人民出版社，2001.

[25] 杨周南，等．会计信息系统[M]．北京：电子工业出版社，2006.

[26] 张谦忠，等．内部控制自我评价在宝钢的运用[J]．会计研究，2005(3).

[27] 张克慧．谁"控制"内部控制[J]．首席财务官，2008(6).

[28] 张立辉，等．内部控制与公司治理：战略的观点[M]．北京：中国税务出版社，2005.

[29] 张鸣．内部控制与风险防范[M]．北京：经济科学出版社，1998.

[30] 张宜霞，舒惠好．内部控制国际比较研究[M]．北京：中国财政经济出版社，2006.

[31] 郑洪涛，张颖．企业内部控制暨全面风险管理设计操作指南[M]．北京：中国财政经济出版社，2008.

[32] 郑洪涛．企业内部控制精要——整体框架、制度设计、测试评价[M]．北京：中国财政经济出版社，2003.

[33] 郑洪涛，张颖．为失控买单——中航油的罪与罚[J]．财务与会计，2006(10).

[34] 朱荣恩，贺欣．内部控制框架的新发展——企业风险管理框架[J]．审计研究，2003(6).

[35] 朱荣恩，应唯，袁敏．企业内部控制制度设计——理论与实践[M]．上海：上海财经大学出版社，2005．

[36] 卓志．风险管理理论研究[M]．北京：中国金融出版社，2006．

[37] "返航"背后的复杂"天气"[J/OL]．http://www.china-cbn.com/s/n/000004/20080407/020000075519.shtml.

[38] 巨人集团的衰落[J/OL]．http://leadership.jrj.com.cn/2008/07/030956965812.shtml.

[39] 中广核集团全面风险管理体系建设初见成效[J/OL]．http://www.sasac.gov.cn/n1180/n2335371/n2335449/n2335690/2519478.html.

[40] 邯郸农行金库失守的背后[J/OL]．http://www.njnews.cn/x/ca895812.htm.

[41] 通用（GE）公司中国区CHO刘蓉谈员工考核[J/OL]．http://cho.icxo.com/htmlnews/2007/08/30/1185462_0.htm.

[42] 中海油有限公司积极应对美SOX404法案[J/OL]．http://www.114news.com/build/80/36980-103599.html.

[43] BAFFINS LANE, CHICHESTER．Control self assessment[M]．New York: John Wiley & Sons Ltd., 1999.

满足需求 创造价值

HZ BOOKS 华章经管

在"十一五"规划的开局之年，

国企业会计准则体系和注册会计师审计准则体系的发布，是我国会计审计发展史上的新里程碑。

本丛书由中国人民大学、中央财经大学、首都经贸大学、厦门大学、中央民族大学、国家会计学院的专家、教授、博士组成的企业会计准则研究组共同编写。本丛书由中企港咨询集团总策划。

顾问：王庆成教授　　刘姝威教授

主编：于小镭博士　　徐兴恩教授

............各类企业财会人员、管理人员学习了解

新企业会计准则及应用指南的必备指南培训教材和业务手册

企业会计准则实务全书

业会计实务讲解	978-7-111-20067-5	56元
业会计准则实务指南与讲解	978-7-111-14469-4	38元
业会计准则实用手册	978-7-111-19000-9	38元
业会计准则实务指南（集团公司类）	978-7-111-19202-8	36元
业会计准则实务指南（上市公司类）	978-7-111-20009-8	45元
业会计准则实务指南（中小企业类）	978-7-111-14239-x	36元
业会计准则实务指南（金融企业类）	978-7-111-20895-2	48元
国企业会计准则实务全书	978-7-111-21899-9	198元
业会计准则与纳税筹划	978-7-111-22495-2	40元

信息系统与财务管理系列丛书

新企业会计实施操作精要
作者：杨周南　张继德
ISBN 978-7-111-21360-4
定价：38.00元

企业全面预算管理
作者：运转
ISBN 978-7-111-22224-8
定价：32.00元（附光盘）

企业内部控制
作者：王立彦　张继东
ISBN 978-7-111-21779-4
定价：28.00元

即使有专业人员为你打理
你也需要明明白白纳税

ISBN 7-111-21163
作者：杨志勇 张斌
定价：28.00元

ISBN 7-111-21863
作者：张斌 杨志勇
定价：25.00元

ISBN 7-111-23239
作者：奚卫华
定价：25.00元

知名律师马贺安用轻松活泼的文笔，生动丰富的例证
解读艰深的物权法 ·············

ISBN 7-111-22035
作者：马贺安
定价：20.00元

ISBN 7-111-19402
作者：马贺安
定价：18.00元

华章书院俱乐部反馈卡

写书评 赢大奖

身为读者，你是不是常感到不写不快？
无论是感同身受、热烈倾吐，还是淋漓痛批、指点文章，
我们真诚地邀请您，将您的阅读心得与我们共享。
您的心得，将有机会出现在我们的图书、主流媒体、各大网站上。
同时，您还有机会挑选一本自己喜爱的华章经管好书！

书评发至：hzjg@hzbook.com

欢迎登陆*www.hzbook.com*了解更多信息，
本网站会每月公布获奖信息。

华章经管博客已开通，欢迎留下宝贵意见与建议 http://blog.sina.com.cn/hzbook

◎反馈方式◎

网络登记：
登陆 *www.hzbook.com*，在网站上进行反馈卡登记。

传　真：
将此表填好后，传真到 010-68311602

邮　寄：
将填好的表邮寄到：100037 北京市西城区百万庄南街1号309室　闫　南　董丽华　收

个人资料（请用正楷完整填写，并附上名片）

姓名：_____　性别：□男 □女　年龄：____　联系电话：_____　手机：_____

E-mail：_____　邮政编码：_____　传真：_____

通讯地址：_____　就职单位及部门：_____

职　务：□董事长/董事　□总裁/总经理　□副总裁/副总经理　□高级秘书/高级助理
　　　　□职员　□政府官员　□专业人员/工程人员　□其他（请注明）_____

学　历：□高中　□大专　□本科　□研究生　□研究生以上

所购书籍书名：_____

现在就填写读者反馈卡，成为华章书院会员，将有机会参加读者俱乐部活动！

所有以邮寄，传真等方式登记，并意愿加入者均可成为普通会员，并可以享受以下服务。

- ◆ 每月3次的免费电子邮件通知当月出版新书
- ◆ 共同享有读华章论坛会员交流平台
- ◆ 享受华章书院定期组织的各种活动
  （包括会员联谊活动专家讲座行业精英论坛等）
- ◆ 优先得到读华章书目
- ◆ 俱乐部将从每月新增会员中抽取10名，
  免费赠送当月最新出版书籍1本
- ◆ VIP会员享受全年12本最新出版精品书籍阅读

1. 您通过什么途径了解到本书？
   □朋友介绍　□会议培训　□书店广告　□报刊杂志　□其他_____

2. 您对本书整体评价为？
   □非常满意　□满意　□一般　□其他，原因_____

3. 您的阅读方向？（类别）
   _____

4. 您对以下哪些活动形式最感兴趣？
   □大型联谊会　□专业研讨会　□专家讲座　□沙龙　□其他_____

5. 您希望华章书院俱乐部为会员提供怎样的增值服务？
   _____

6. 您是否愿意支付500元升级为VIP会员，享受全年12本最新出版精品书籍阅读？
   □愿意　　　□不愿意，原因_____

读华章俱乐部反馈卡